D1996948

Ralf Kramp
Nacht zusammen

Vom Autor bisher erschienene Bücher bei KBV:

»Tief unterm Laub«
»Spinner«
»Rabenschwarz«
»Der neunte Tod«
»Still und starr«
»... denn sterben muss David!«
»Kurz vor Schluss«
»Malerische Morde«
»Abendgrauen« (Hg.)
»Abendgrauen II« (Hg.)
»Wenn Goldfinger rauskommt«
»Hart an der Grenze«
»Ein Viertelpfund Mord«
»Ein kaltes Haus«
»Abendgrauen III« (Hg.)
»Totentänzer«

Ralf Kramp, geboren 1963 in Euskirchen, lebt und arbeitet als Karikaturist, Krimiautor und Veranstalter von Krimi-Erlebniswochenenden in der Eifel. Für sein Krimi-Debüt »Tief unterm Laub« erhielt er 1996 den Eifel-Literatur-Förderpreis. Zusammen mit Manfred Lang ist er Herausgeber der umfangreichen Eifel-Schauergeschichtensammlungen »Abendgrauen«.
Im Jahr 2002 wurde er für den »Rheinischen Literaturpreis Siegburg« nominiert und erhielt den Kulturpreis des Kreises Euskirchen.

Ralf Kramp

Nacht zusammen

KBV
KRIMI

Für Heike und Hans.

Originalausgabe

www.kbv-verlag.de
E-Mail: info@kbv-verlag.de
Telefon: 0 65 93 - 99 86 68
Fax: 0 65 93 - 99 87 01
Umschlagillustration: Ralf Kramp
Redaktion: Dorothee Steuer, Sankt Augustin
Satz: Volker Maria Neumann, Köln
Druck: Grenz-Echo AG, Eupen
www.grenzecho.be
Printed in Belgium
ISBN 3-937001-89-1

Inhalt

Vergissmeinnicht

Seit er am Morgen aus dem Haus gegangen war, quälte ihn die Frage, was diese drei Kreuzchen auf dem Kalender bedeuten mochten. Sie sollten ihn an etwas erinnern, so viel war klar. Nur an was? Paul Kolvenbach war vergesslicher als andere Menschen. In seinen Taschentüchern gab es Knoten, die ihn an andere Knoten erinnern sollten, die er in Dinge hineingemacht hatte, damit er bestimmte Dinge nicht vergaß. Nur welche Dinge?

Er hatte irgendwann begonnen, mit seiner Vergesslichkeit zu leben. Er vergaß alles Mögliche und das mit geradezu professioneller Regelmäßigkeit:

Er vergaß, die Winterreifen aufzuziehen und die Blumen zu gießen. Er vergaß, Rechnungen zu bezahlen, und vergaß, Freunde am Bahnhof abzuholen. Er vergaß Eintopf wochenlang im Kühlschrank und vergaß die Handbremse zu lösen. Er lief mit offenstehendem Hosenstall durchs Leben und trug Preisetiketten an seinen Pullovern zur Schau. Einmal war er tatsächlich ins Grübeln geraten, weil er doch tatsächlich trotz angestrengten Grübelns nicht mehr auf seinen zweiten Vornamen kam. Heinz war ihm dann irgendwann bekannt vorgekommen. Paul-Heinz, ja, genau, das war es. Das war, als er vergessen hatte, sein Auto aus der Werkstatt abzuholen und daher mit der Bahn zur Arbeit fahren musste. Über die Suche nach dem Namen Heinz hatte er im Übrigen dann völlig vergessen auszusteigen und war ins Bergische Land weitergefahren. Komplizierte Geschichte, da er sich seine Geheimnummer nicht merken konnte und somit kein Geld für eine Karte zurück ziehen konnte. Und auf der Arbeit konnte er sowieso nicht Bescheid sagen, da er die Telefonnummer nicht mehr zusammenbekam.

Ohnehin hatte er sein Handy zu Hause liegen lassen.

Was aber auch nicht schlimm war, denn es war ein Feiertag gewesen.

Sein kleines Haus am Waldrand bei Dollendorf nannten seine Freunde Villa Vergissmeinnicht. Das hatten sie in lilafarbenen Lettern auf ein Schild gemalt und über seiner Haustür festgedübelt. Er hatte einige gute Freunde, die ihn an viele Dinge erinnerten. Evi hatte einmal die Villa Vergissmeinnicht gerettet, indem sie nach Antritt seines Urlaubs das Bügeleisen, die Kochplatte und den elektrischen Heizlüfter ausgeschaltet hatte. Seither kontrollierte sie öfter.

Ulf hatte ihm einmal aus der größten Peinlichkeit herausgeholfen, als er ihn vom heimischen Fernseher weggeholt hatte, weil er sonst die Beerdigung seines Vaters verpennt hätte.

Das ein oder andere Rendezvous war geplatzt, weil er seine weiblichen Bekanntschaften schlicht und ergreifend vergessen hatte. Die eine in ihrem Zuhause in Bad Münstereifel, die andere im Restaurant, wieder eine andere an der Bushaltestelle. Das hatte sich nicht eben förderlich auf sein Liebesleben ausgewirkt. Einmal hatte er es tatsächlich geschafft, eine junge hübsche Frau abzuholen und ins Kino nach Euskirchen zu begleiten, hatte aber leider nicht daran gedacht, dass er dort bereits mit einer anderen verabredet war.

Seither versuchte er, das mit den Frauen anders zu regeln.

Vermutlich waren deshalb diese Kreuze im Kalender.

Vor etwa zehn Jahren war er zum ersten Mal nach der Arbeit bei Ford auf diesen Parkplatz an der Militärringstraße gefahren und hatte dort die Scheibe der Beifahrertür heruntergekurbelt.

»Fuffzich mit Gummi«, hatte die Frau mit dem Kaugummi genuschelt.

Die Sache lief ohne Zwischenfälle ab. Man fuhr gemeinsam auf einen anderen, kleineren Parkplatz, wo man unbeobachtet war, und dort nahm die Frau den Kaugummi für etwa zehn Minuten aus dem Mund. Dass er hinterher vergaß, die Scheinwerfer anzuschalten, und deshalb beim Verlassen des Parkplatzes gleich einen Zusammenstoß verursachte, schmälerte den Wert seines Erlebnisses kaum.

Beim nächsten Mal, etwa drei Monate später, hatte es Ärger gegeben, weil er sein Geld vergessen hatte.

Und diesmal geschah etwas, was ihn selber überraschte. »So blöd kann doch gar keiner sein!«, fauchte die Frau. »Hierhin kommen und das Geld vergessen.«

Sie kannte Paul-Heinz Kolvenbach nicht.

Und er selber kannte sich wenige Augenblicke später auch kaum wieder, als sich seine Hände um ihren Hals schlossen und als die Knorpel ihres Halses unter dem Druck seiner Finger mit einem leisen Knack völlig durcheinandergerieten.

Zuerst war er erschrocken, als sie leblos mit ihrem Kopf auf seinen Schoß sackte.

Paul-Heinz tastete nach ihrem Puls und fand ihn nicht. Und dann reagierte er sehr kühl und kalkulierend. »Du darfst jetzt nur keinen Fehler machen«, sagte er sich. »Vergiss jetzt bloß nichts!«

Dann fuhr er auf die Autobahn zurück in die Eifel und brachte die tote Frau, die sich bereits ihres pinkfarbenen Lackjäckchens und des Büstenhalters entledigt hatte, im Schutz der Dunkelheit in sein Häuschen am Waldrand.

Bevor er schließlich in seinem Keller die vor Jahren begonnenen Sanierungsarbeiten wieder aufnahm und ein Stück des Lehmbodens durch eine kleine Bodenplatte aus Beton ersetzte, erfreute er sich noch zwei Tage am Anblick der toten Frau, die er mittlerweile vollständig entkleidet hatte und in das alte Ehebett seiner Eltern neben sich legte. Das hatte ihm gefallen. Er wusste gar nicht, dass diese Dinge in ihm schlummerten.

»Kaum zu glauben«, flüsterte er, als er sich damals im Spiegel betrachtete. »Ich erkenne dich kaum wieder, Paul ... Heinz. Paul-Heinz, ja, genau.«

Und diese drei Kreuzchen? Vermutlich hatte er sich diesen Tag vor längerer Zeit ausgeguckt. Genau! So musste es sein. Seit dieser Geschichte damals gab es in seinem Keller vier neue Betonstreifen. Heute sollte es wieder einmal so weit sein.

Und so brachte er einen eintönigen Arbeitstag in den Automobilwerken hinter sich und vergaß fast die Mittagspause. Abends suchte er seinen klapprigen Sierra auf dem riesigen Werksparkplatz. Es dauerte fast eine Viertelstunde, bis er ihn fand.

Einmal, da hatte er ihn überhaupt nicht gefunden. Das war, als er am Morgen von einem Kumpel mitgenommen worden war.

Er freute sich auf den Abend.

Seit dem letzten Mal war viel Zeit vergangen. Gut, dass er sich drei Kreuzchen zur Vorbereitung gemacht hatte!

Gerade noch rechtzeitig dachte er daran zu tanken. Das wäre ja mal wieder was gewesen!

An der Stelle, an der es immer geschah, geschah es auch diesmal. Sie hatte kurzes, struppiges Haar, das nach Haarlack roch. Sie zappelte mehr als die anderen.

Als er mit ihr in die Eifel fuhr, zappelte sie nicht mehr. Die Scheinwerfer des Gegenverkehrs tauchten sie immer wieder in gelbliches Licht. Sie saß da und hatte den Blick unbeteiligt ins Leere gerückt. Paul-Heinz hatte sie festgeschnallt. Er hatte sie noch nach ihrem Namen fragen wollen.

Vergessen.

Als er den Wagen hinter den schützenden Büschen seiner Einfahrt geparkt hatte, stieg er aus und zog ihren schlaffen, halbnackten Körper vom Beifahrersitz.

Zement! Er musste dringend daran denken, im Baumarkt in Hillesheim Zement zu kaufen! Das würde er sich gleich aufschreiben.

Wahrscheinlich würde er es bis ins Haus schon wieder vergessen haben.

Aus den Augenwinkeln sah er das Schild *Villa Vergissmeinnicht* über der Tür.

Mit der Rechten steckte er den Schlüssel ins Schloss und öffnete die Haustür, während er im linken Arm die tote Frau hielt, deren hohe Absätze über den Boden schleiften.

Drei Kreuzchen, dachte er noch, als er sie hineinzerrte.

Und als das Licht aufflammte, noch bevor er den Schalter ertastete, kam ihm plötzlich die Erinnerung daran, was sie zu bedeuten hatten!

Siebzehn Augenpaare starrten ihn an. Siebzehn Münder hatten sich geöffnet, um wie aus einer Kehle *Happy Birthday* zu intonieren. Evi kam aus der Küche mit einer Torte voller Kerzen, und Ulf ließ eine Handvoll Konfetti durch den Raum rieseln, noch bevor er überhaupt begriffen hatte, was geschehen war.

Beinahe hätte Paul-Heinz bei dieser gelungenen Überraschung völlig vergessen, dass er sich ja in Begleitung befand.

Welcome back

Brian Hoffer fluchte. Das konnte er, auch wenn man ihm das nicht zutraute. Er tat es für gewöhnlich heimlich, sodass niemand es mitbekam. Seine Frau hatte ihn schon so erlebt, und vielleicht ein paar seiner engsten Freunde, aber in der Öffentlichkeit verkniff er es sich. Sein Image konnte womöglich Schaden nehmen.

Ein wahrer Schwall amerikanischer Schimpfwörter erfüllte die nächtliche Frühlingsluft. Der vordere rechte Reifen des Ford war platt. So platt wie ein Zehncentstück. So platt wie ein Pfannkuchen. So platt wie seine Managerin Jennifer, die ihm diesen Scheißjob in Deutschland aufs Auge gedrückt hatte.

Er schlug wütend mit der flachen Hand auf das Wagendach und starrte in die Nacht. Jetzt hätte er ein Vermögen für eine Zigarette gegeben, aber er hatte das Rauchen vor Jahren aufgegeben. Ganz heimlich tat er es ab und zu. Er tat vieles heimlich. Zugeständnisse an die Rolle, die er jetzt schon seit sieben Jahren, und wenn nichts dazwischenkam, vermutlich auch für den Rest seines Lebens spielen würde: »Doktor Darlington« raucht nicht, also raucht auch Brian Hoffer nicht.

»Oh, no, no, Freunde«, hatte er vor etwa einer Viertelstunde mit seinem amerikanischen Akzent gesagt, den er kultivierte und gerne gezielt einsetzte, wenn er sich in Europa aufhielt. »Kein Hotel, sorry. Ich muss heute Nacht noch *nach Koln zuruck.*« Dafür hatten sie natürlich Verständnis. Man hätte ihn gerne in Wachtendonk beherbergt, das spürte er deutlich, aber um nichts in der Welt wollte er hier am

Niederrhein bleiben. Köln war okay. Aber hier wurde er an allen Ecken und Enden daran erinnert, wo er herkam.

Es reichte, dass ihn die Veranstalter im Kulturhaus mehrfach als »Einen der ihren« herausgestellt hatten. Der Abend hatte unter dem Motto »Ein Wachtendonker kehrt zurück« gestanden. Als er das in der Vorankündigung gelesen hatte, hätte er am liebsten gleich abgesagt. Aber Jennifer hatte ihm geraten: »Du bist auf Deutschlandtour, also fahr da hin. Lies aus deinem Buch und erobere die Herzen. Die neue Staffel von »Doktor Darlington« startet in Deutschland im Herbst. Da kannst du diese Publicity gut gebrauchen.«

Brian tat meistens, was Jennifer ihm empfahl. Sie hatte ein Händchen für Termine und Kontakte. Also war er nach Wachtendonk gefahren, hatte sich unterwegs ein paarmal tüchtig verfranst, weil alle Ortsnamen irgendwie gleich klangen und weil alles so miserabel ausgeschildert war, und dann war er in dem Örtchen angekommen, in dem er die ersten zwanzig Jahre seines Lebens verbracht hatte.

Das war lange her.

Die Stadt hatte sich verändert. Alles war sauber und hübsch zurechtgemacht, und man hatte einen Teil des alten Klosters gleich neben der Pfarrkirche durchaus geschmackvoll zum Bürgerhaus ausgebaut.

Dann hatte er da gesessen, unter dem lackierten Dachgebälk auf einem Podest. Neben sich die obligatorische Flasche Wasser. Stilles, so hatte er vorab erbeten. Und dann hatte er für anderthalb Stunden abwechselnd auf die markierten Textstellen seines Buches, das er schon fast auswendig konnte, und in die etwa achtzig Gesichter der Wachtendonker geblickt, die mit großen Augen und offenen Mündern an seinen Lippen zu kleben schienen.

Alles was er las, war selbstverständlich geschönt und aufpoliert, aber wen interessierte das schon? Die Leute wollten ein Märchen aus Hollywood, also bekamen sie es. In seiner Biografie beschrieb er den kometenhaften Aufstieg eines Kleindarstellers zum gefeierten Fernsehstar. Er erzählte von Tugenden wie Fleiß, Fairness und Ehrlichkeit. Welche Strippen er hatte ziehen müssen, und welche Tricks notwendig waren, um dahin zu kommen, wo er jetzt war, das würde für immer sein Geheimnis bleiben.

Er war »Doktor Darlington«, der unfehlbare, der untadelige Arzt mit der trauten kleinen Familie und dem glücklichen Händchen für all die Probleme seiner Mitmenschen. Wenn er, Brian Hoffer, irgendwo auftauchte, sagten die Menschen »Doktor« zu ihm. Von ihm wurde erwartet, dass sein Privatleben möglichst dem seiner Kunstfigur entsprach. Keine Affären, keine Laster, keine Turbulenzen. Irgendwann hatte er beschlossen, das gnadenlos durchzuziehen. Er war verheiratet mit Lucy, einer patenten Frau, die durchaus schön anzusehen war und ihm zwei Kinder geschenkt hatte, die er tatsächlich über alles liebte.

Er hatte sich eingerichtet. Die wilden Jahre waren vorbei. Wer prominent ist, kann sich vieles erlauben – aber längst nicht mehr alles.

Er hatte sie an diesem Abend alle zufriedengestellt, hatte Autogramme gegeben, hatte sich ins Gästebuch eingetragen und hatte zum Schluss, während des obligatorischen Smalltalks immer wieder auf die Uhr geschaut und hatte gesagt, er müsse dringend *zuruck nach Koln*.

Und jetzt stand er an seinem Leihwagen, hatte zehn Minuten lang aufs Übelste geflucht, weil der Akku seines Handys leer war, weil sich der verdammte Reservereifen ebenfalls als völlig platt erwiesen hatte, und er ärgerte sich, für diesen Abend keinen Fahrer verlangt zu haben, der sich um alles hätte kümmern können. Aber er hatte unbedingt allein nach Wachtendonk fahren wollen. Nicht, dass er mit irgendwas Konkretem gerechnet hatte, das ihn kompromittieren konnte, aber er war seit vielen Jahren vorsichtig geworden. »Doktor Darlington« ging kein Risiko ein.

Über ihm rauschte der Wind in den hohen Bäumen, und ihm wurde kalt. Er hatte den Wagen an den Rand der schmalen Straße gelenkt, die ganz sicher nicht die war, die ihn *zuruck nach Koln* führen würde. Allem Anschein nach hatte er sich schon wieder verfahren. Allzu weit hatte er sich zwar noch nicht vom Ort entfernt, hinter sich konnte er noch die Lichter des Ortes erkennen. Aber auf dem platten Land täuschte das. Zu Fuß würde es eine hübsche Strecke zurück werden.

Bei dem Gedanken daran, wieder in dieses Gemeindehaus hineinzugehen, in dem sicherlich noch ein bisschen gefeiert wurde, verfinsterte sich seine Miene. Für den Rest des Abends hätte er dann mindestens einen der braven Bürger dieser Stadt an der Backe, der ihn, den zurückgekehrten Wachtendonker erbarmungslos zuquasseln würde.

Ganz offensichtlich war er hier in der völligen Einöde gelandet. Kein Auto kam vorbei. Keiner hörte sein Fluchen. Er trat mit Wucht gegen den platten Reifen.

In diesem Moment entdeckte er ein schwaches Licht.

Weiter vorne gab es offensichtlich ein Haus oder etwas Ähnliches.

Brian Hoffer schlug den Mantelkragen hoch und ging los.

Nach ein paar Minuten fand er ein altes Bauerngehöft, mit tief hinabreichendem Dachüberstand, mit winzigen Sprossenfenstern und einer angrenzenden, völlig zerfallenen Scheune. Das Licht drang nur aus einem einzigen Fenster gleich neben der Haustür, und als Hoffer klopfte, weil er nirgends eine Klingel fand, fühlte er sich nicht eben wohl in seiner Haut.

Es dauerte schier endlos lange, bevor die Tür geöffnet wurde. Fast hatte er schon die Hoffnung wieder aufgegeben.

Im Türrahmen erschien die kleine, gebückte Gestalt einer alten Frau, die ein Messer in der Hand hielt.

»Ich habe kein Geld im Haus«, knurrte sie abweisend. »Lohnt sich nicht bei mir.«

Er lachte befreit auf und breitete die Arme aus. »Keine Sorge, keine Sorge«, sagte er, so freundlich er konnte. Er legte das Doktor-Timbre in seine Stimme. »Ich bin kein Einbrecher und das ist kein Überfall. Ich brauche Ihre Hilfe.«

»Hilfe? Bei was?« Sie guckte immer noch skeptisch zu ihm auf. Er erkannte ihr Gesicht nur undeutlich im Halbdunkel. Schließlich trat sie zur Seite und brummte: »Kommen Sie rein.«

Er nickte beflissen, trat sich sogar unnötigerweise an einer zerfransten Matte die Füße ab und ging an ihr vorbei in das Haus.

Es roch nach Blumenkohl und Heizöl.

Die Alte schlurfte hinter ihm her und dirigierte ihn in ein spartanisch eingerichtetes Wohnzimmer. Sein Blick fiel gleich auf einen uralten Schwarzweißfernseher, in dem gerade die Nachrichten verlesen wurden.

Als er auf dem braunen Sofa Platz genommen hatte, stellte sie sich breitbeinig vor ihn, legte den Kopf schief, und auf ihre schmalen Lippen stahl sich ein Grinsen. »Ich kenn Sie«, sagte sie leise triumphierend. »Sie sind der Doktor!«

Er nickte mit gespielter Verlegenheit.

»So was, so was. Der Doktor bei mir im Wohnzimmer.« Sie legte das Messer auf den Tisch und raffte ihre Kittelschürze. »Warten Sie.«

Sie verschwand in dem angrenzenden Raum, in dem Hoffer die Küche vermutete.

»Was haben Sie denn für ein Problem?«, hörte er ihre Stimme. Es klimperte und klapperte.

»Mein Leihwagen hat einen Platten. Gleich vorne, an der Straße«, rief er. »Und da habe ich Ihr Licht gesehen.«

Sie kehrte mit zwei Flaschen Bier und zwei Gläsern zurück. »Da finden wir schon eine Lösung.«

Hoffer dachte verzweifelt daran, dass er diese Nacht eigentlich gern in Köln mit zwei ungarischen Prostituierten hatte verbringen wollen, die nicht nur ausgesprochen unternehmungslustig und unkonventionell waren, sondern auch die nötige Diskretion mitbrachten. Stattdessen würde er jetzt mit einer zahnlosen alten Granny vom Niederrhein ein Bierchen picheln. Oft lief alles anders, als man dachte.

»Ich habe mal Vico Torriani gekannt«, sagte die Alte, während sie einschenkte. »Feiner Kerl war das. Wir haben uns in Düsseldorf kennengelernt. Ich habe da früher mal in einer Gaststätte gearbeitet.«

»Vico Torriani, soso ...«

»Wir sind ein paarmal ausgegangen. Essen, spazieren. Er war für vier Tage in Düsseldorf.«

Sie reichte ihm das Glas. Er zwang sich, nicht genau hinzusehen, damit ihn nicht der Ekel überkam. Sie prosteten sich zu, dann tranken sie, und schließlich wischte sich die Alte mit der Hand über den Mund und sagte: »Mehr war da nicht. Der Torriani, das war ein feiner Mann.«

Er nickte anerkennend und beschloss, auf den Punkt zu kommen: »Haben Sie vielleicht ein Telefon?«

»Klar.«

»Ich müsste mal telefonieren. Mein Auto ist liegen geblieben, und ich komme nicht weg von hier.«

»Klar, klar.« Ihre faltige Hand fuchtelte durch die Luft. Sie machte allerdings keine Anstalten, ihm das Telefon zu zeigen, sondern betrachtete ihn mit kleinen, wässrigen Augen. Er begann, ein wenig unruhig auf dem alten Sofa hin und her zu rutschen. »Da gab es schon den ein oder anderen vom Film und vom Fernsehen, den ich kennengelernt habe«, sagte sie versonnen. »Glaubt man kaum, was? Ich erzähl Ihnen das nur, weil Sie ja auch vom Film sind. Köpcke. Kannten Sie den?«

Er zuckte mit den Schultern.

»Karl-Heinz Köpcke war Nachrichtensprecher. Dessen Frau war eine Cousine von meinem verstorbenen Mann. Wir haben öfters zusammen gefeiert. Der Köpcke, der konnte schlecht tanzen. Hat mir die Füße blau getreten.«

Hoffer ließ den Blick wandern. Nirgends war ein Telefon zu sehen. Vielleicht war er im Hausflur daran vorbeigegangen, ohne es bemerkt zu haben.

»Und da gab es diese Sängerin, Peggy March, die hatte hier irgendwo Verwandtschaft. Die kam immer, Gemüse bei uns kaufen. Frisches Gemüse vom Hof, das mochte die. War ne ganz schlanke, zierliche Person. Ist ja früh gestorben. Die hat immer da gesessen, wo Sie jetzt sitzen, Doktor Darling.

»Darlington«, es rutschte ihm heraus, und er ärgerte sich gleich im nächsten Augenblick dafür, dass er sie verbessert hatte. Er durfte jetzt nicht ungeduldig werden.

Sie schwieg eine Weile, und dann sagte sie langsam: »Ich kenne Sie noch von früher.« Der Zeigefinger ihrer rechten Hand deutete jetzt auf sein Gesicht. »Ja ja, noch von früher, aus Wachtendonk. Ist schon lange her.«

Er rang sich ein Lächeln ab und knetete seine Hände. »Ich werde Ihnen gleich ein Buch aus dem Auto holen und es für Sie signieren«, sagte er. »Da schreibe ich auch über Wachtendonk. Nur vorher würde ich gerne ....«

»Du schreibst über Wachtendonk?«, unterbrach sie ihn.

»Meine Jugend.«

»Ich kannte deine Mutter. Das war eine gute Frau. Weißt du denn noch alles? Von früher?«

Er machte eine vage Handbewegung. »Es ist lange her. Ich habe versucht, alles möglichst genau zu schildern. Die Erinnerung spielt einem natürlich den ein oder anderen Streich.« Er lachte nervös.

Sie trank einen tiefen Schluck und rülpste. Ihre Wangen waren glatt und ledern. Am Hals zogen sich sehnige Hautfalten hinab. Als sie jetzt sprach, tat sie das sehr langsam und fast lauernd: »Kannst du dich noch an deine Freundinnen erinnern?«

»Na ja, so ziemlich. Es gab zwei, drei, in die ich wirklich unsterblich verliebt gewesen bin«, log er. Er hatte es in der Jugend nie genau genommen. Es hatte zahlreiche Liebschaften gegeben, aber davon musste niemand etwas wissen. Das gehörte nicht in das Buch. »Doktor Darlington« tat so was nicht.

»Da war eine Blonde, mit der bist du damals rumgezogen.« Sie hielt die flache Hand an die linke Schulter. »Eine Hübsche, Blonde. Haare so bis hier. Erinnerst du dich?«

Natürlich war da eine Blondine gewesen. Er hatte alle Haarfarben durchgehabt. Die Blonde sah er nur undeutlich vor seinem geistigen Auge. Das war etwas Belangloses gewesen.

»Ja«, sagte er langsam. »Blond war die. Wie hieß sie noch? Irgendwas mit E.« Er kniff die Augen zusammen. Die Alte schmunzelte. Sie schien einiges zu wissen. »Mit E. Ellen ... Eva ... Nein, Edith! Edith war es. Genau. Ich erinnere mich. Natürlich erinnere ich mich. Was ist aus ihr geworden? Wissen Sie etwas über sie?«

Um die Mundwinkel der Alten spielte plötzlich ein unverhohlenes Lächeln des Triumphs, das ihm nicht gefiel. »Ja, weißt du denn nichts von ihr?«

Er hob in einer Geste, die völlige Unwissenheit ausdrücken sollte, die Hände. »Nein, wieso? Was ist mit ihr?«

Sie schnaufte bedeutungsvoll und trank erneut. Dann schenkte sie neues Bier in ihr Glas, betrachtete den Schaum und erzählte: »Nachdem du abgereist bist, da konnte man bald was sehen bei ihr.«

»Was sehen?«

»Na, man konnte erkennen, dass Edith schwanger war.« Ihre Hand deutete eine Rundung des Bauches an.

Brian Hoffer zog die Luft ein. Er richtete sich kerzengerade auf dem Sofa auf und umklammerte Bierflasche und Glas.

»Edith war schwanger?«

»Gleich nachdem du weg bist. Schwanger und ohne Freund. Warum hast du sie denn nicht mitgenommen?«

»Ich weiß nicht. Sie wollte nicht. Mit uns, das war zu Ende, ich wusste ja nicht, dass ...«

»Sie hat Zwillinge gekriegt. Zwei kranke, kleine Würmchen. Richtig krank.«

Hoffer verschluckte sich an seinem Bier. »Zwillinge?«

»Zwillinge. Dauernd im Krankenhaus. Schlimme Sache. Erinnerst du dich an Ediths Eltern?«

»Kaum. Die habe ich vielleicht zwei- oder dreimal gesehen, ich ...«

»Den Vater kennst du nicht mehr?«

Er schüttelte den Kopf.

»Der Vater war ein Unhold. Der hat die Edith rausgeworfen. Da stand das Mädchen plötzlich ohne alles da. Kein Dach überm Kopf und zwei kranke Kinder. Ich hab sie ab und zu in der Stadt getroffen, und ich hab ihr immer was gegeben. Nicht viel, nur so ein paar Mark. Sie hatte ja nichts, musste im Fischgeschäft arbeiten gehen und kam kaum rum mit dem Geld. Ich hab sie dann mal gefragt, was denn mit dem Vater von den Kindern war, und da hat sie gesagt, das würde sie eigentlich niemandem erzählen, nicht mal ihren Eltern, aber der wäre ja jetzt in Amerika. Und da habe ich ja dann gewusst, dass du das warst. Sie hat erzählt, dass sie dir geschrieben hat, mit einem Foto von den Kinderchen, wo man sie kaum drauf erkennen konnte, weil sie so voll Mullbinden und Schläuchen und Drähten waren.«

Hoffers Kinnlade war heruntergeklappt. Er starrte die alte Frau an und wagte nicht zu atmen.

»Warum hast du ihr denn nicht geantwortet?«, fragte sie voller Enttäuschung. »Das tut man doch nicht. Kinder in die Welt setzen und dann abhauen.«

»Aber ich habe niemals irgendwelche Briefe ...«

Sie ließ ihn nicht weiterreden. An seinen Entschuldigungen und Ausflüchten war sie augenscheinlich nicht interessiert. Hoffer war so, als tue sich der Boden unter ihm auf. Durch einen Zufall landete er in einem Haus, in dem ihm offenbart wurde, dass er all die Jahre bereits zwei Kinder in Deutschland hatte. Von einer Mutter, an die er sich kaum erinnert hatte, die in seiner Biografie keine Erwähnung gefunden hatte, weil da nicht mehr gewesen war als eine schnelle Nummer hinterm Schützenzelt. War das wirklich Zufall oder warum war er hier?

»Soso, da ist die Post also verloren gegangen ... Na ja, sie ist dann hier auf den Hof gezogen, nachdem das erste Kind gestorben ist.«

»Gestorben?«

Sie nickte. »Elend, elend. Eine Operation hätte es retten können, aber dafür war kein Geld da. Na, und dann hat sie hier ein Kämmerchen gekriegt und hat das Saufen angefangen.«

»Das Saufen?«

»Als wir's gemerkt haben, war's schon zu spät. Mein Mann hat ihr ins Gewissen geredet, hat gesagt, sie müsse eine Entziehungskur machen und so was. Aber da wollte sie nichts von wissen. Jungejunge, hat die gesoffen. Da war das ja kein Wunder, dass das mit dem anderen Kind passierte. Der Junge, der hieß übrigens auch Brian. Wenn das kein Beweis ist, mein Lieber.«

»Brian«, hauchte er. »Was ist mit ihm passiert?«

»Da war so ne steile Treppe. Immer wenn sie gesoffen hat, hat sie ihn geohrfeigt. Irgendwann ist er dann die Treppe runtergefallen. Im Schuppen nebenan, da hat sie gewohnt. War gleich tot, der arme kleine Kerl.«

»*Oh, my god!*«

»Hm. Das hast du alles nicht gewusst, was?« Sie grinste ihn triumphierend an. »Da hast du wohl nichts von erzählt in deinem Buch, was?«

»Aber ich ...«

»Was würden die Leute denn sagen, wenn sie so was lesen würden? Würden die nicht gut finden, oder?«

Er schüttelte den Kopf. »Oh, nein! Wie recht sie hatte. Das würden die Leute ganz und gar nicht gut finden. *Doktor Darlington und sein finsteres Geheimnis* – So eine Schlagzeile würde ihn vom Sockel hauen. Jetzt, wo die Vertragsverhandlungen für die nächste Staffel und den Darlington-Movie anstanden, konnte das das Ende sein. Sie hatten all die Jahre nichts bei ihm gefunden, diese Geier von der Yellowpress. Eine Geschichte wie diese würde ein gefundenes Fressen für sie sein. Doktor Herzlos ... Doktor Drückeberger ... Doktor Death ... Mit etwas Fantasie konnte er alles vor sich sehen. Er begann, seine Schläfen mit den Fingerspitzen zu massieren. »Was ist aus Edith geworden?«, fragte er tonlos.

Sie kniff den Mund zusammen, rollte theatralisch mit den Augen und schüttelte langsam den Kopf.

»Ist sie ... tot?«

Sie nickte. »Oh ja, die Edith, die ist tot. Die hat sich in der Nähe von Issum an einen Baum gehängt und wurde erst zwei Wochen später gefunden. Das sah nicht schön aus, das kannst du mir glauben. Die hat das mit einem Kälberstrick aus unserer Scheune gemacht. Schlimm, nicht wahr?«

Sie trank wieder und betrachtete intensiv den Mann, der in der letzten Viertelstunde auf ihrem alten braunen Sofa regelrecht in sich zusammengesackt war. »Tot«, flüsterte er und trank langsam an seinem Bier.

Was er nicht aussprach, war der ungeheuerliche Gedanke, der in diesem Moment durch seinen Kopf geisterte. Es war ein tröstlicher Gedanke, der ihm über die Katastrophe hinweghalf, die sich gerade vor ihm ausgebreitet hatte. Er würde nie mehr Post von dieser Edith bekommen. Er brauchte nicht zu fürchten, dass dieser finstere Schatten irgendwann aus der Vergangenheit auftauchen würde, um sich über seine strahlende Karriere zu legen. Was auch immer geschehen war, was auch immer er soeben erst erfahren hatte, es war längst Geschichte. Die dunkle Wolke hatte sich längst wieder in Luft aufgelöst, nichts würde übrigbleiben. Er würde in die Staaten zurückkehren und Deutschland und Wachtendonk für immer hinter sich lassen.

»Was die Leute wohl sagen würden ...«, murmelte die alte Frau. »Dass der Doktor so was zugelassen hat, nee, nee.« Sie schüttelte in gespieltem Bedauern den Kopf.

Er setzte plötzlich das Bierglas und die Flasche auf das kleine Tischchen neben dem Sofa und begann wieder, seine Hände zu kneten.

»Was für eine fürchterliche Sache«, sagte er leise. »Was für eine schlimme, schlimme Sache.« Und nachdenklich fügte er hinzu: »Ob wohl viele wissen, was sich da alles zugetragen hat?«

»Was sich zugetragen hat?«

»Sie wissen, was ich meine.«

Jetzt nickte sie und schloss genießerisch die Augen. »Die Edith hat es mir erzählt und sonst keinem. Nicht mal ihren Eltern.«

»Das hatte ich gehofft«, sagte er und erhob sich langsam vom Sofa.

* * *

»Ist'n Leihwagen. Dürener Kennzeichen.« Der bärtige Polizist leuchtete mit der Taschenlampe in das Innere des Autos. Der Lichtkegel der Taschenlampe traf auf ein Buch auf dem Beifahrersitz. »Das ist doch dieser Doktor aus dem Fernsehen«, sagte er, als er das Portrait auf der Rückseite des Buches erkannt hatte. »Der hatte 'ne Lesung im Kulturhaus. War gut besucht, hab ich gehört.«

Auf dem Rücksitz lagen noch mehrere Exemplare desselben Buches. »Ob das dessen Auto ist?«

»Kann sein«, sagte seine Kollegin. »Hat versucht, den Reifen zu wechseln, aber der ist offenbar auch platt.« Ihre Taschenlampe huschte über das Werkzeug und das luftleere Reserverad im struppigen Gras des Seitenstreifens. »Wo der wohl ist?«

Der Polizist wies in Richtung Norden. »Ein Stückchen weiter ist noch ein Hof. Vielleicht ist er da hin.«

»Zur alten Oma Roevenstrunk? Das wird ja wohl nicht wahr sein.«

»Ist das einzige Haus in der Nähe. Komm, wir gucken nach.«

Sie stiegen zurück in ihr Polizeifahrzeug und folgten der Straße etwa zweihundert Meter, bevor sie zur Rechten in die ungepflegte Schottereinfahrt einbogen.

Ein Mann tauchte im Licht ihrer Scheinwerfer auf. Er hob den Arm und kniff die Augen zusammen, weil es ihn blendete. Ein groß gewachsener Mann mit perfekt geschnittenem Maßanzug und graumeliertem Haar.

»Das ist er«, sagte die Polizistin. Ihr Kollege schmunzelte, als er sie mit einem Seitenblick betrachtete. Ihr brauner Pferdeschwanz zitterte vor Aufregung.

»Er sieht genauso gut aus wie im Fernsehen«, sagte sie, während sie ausstiegen.

»Können wir helfen?«, fragte der Polizist. »Ich nehme an, das ist Ihr Auto da hinten an der Straße ... Herr Doktor.«

Seine Kollegin trat nervös von einem Fuß auf den anderen. »Wir fahren Sie, wohin Sie wollen. Waren Sie schon da drin?« Sie deutete auf das Gehöft im Hintergrund, in dem nun kein Licht mehr brannte.

Er schüttelte den Kopf. »Keiner da.« Der amerikanische Akzent war unverkennbar.

»Nun, die Alte hätte Ihnen auch kaum helfen können«, sagte der Polizist mit amüsiertem Unterton. Er tippte sich an die Stirn. »Ist überall als Lügen-Luischen bekannt. Erfindet dauernd die haarsträubendsten Geschichten. Wohnt wahrscheinlich schon viel zu lange allein. Nie ein Mann in ihrem Leben, immer nur der Hof und das Vieh ... Na ja.« Sie nahmen ihn in die Mitte. Er hatte die Augen geweitet und starrte stumm vor sich hin. Irgendwas stimmte nicht mit ihm.

Als sie zu dritt auf das Polizeifahrzeug zubummelten, sagte die Polizistin: »Meine Tante war bei Ihrer Lesung. Die kennt Sie noch von früher. Edith heißt die. Wahrscheinlich können Sie sich gar nicht an sie erinnern.« Sie kicherte leise. »Sie erzählt immer, Sie hätten sie sogar mal geküsst.«

Sie leuchteten ihm, als er in den Fond des Polizeifahrzeugs einstieg. Er hatte damit begonnen, eine leise Litanei unverständlicher Worte vor sich hin zu murmeln. Es hörte sich ein bisschen so an wie »Vico Torriani ... Karl-Heinz Köpcke ... Peggy March ...«, und sie konnten sich gar keinen Reim darauf machen. Verunsichert warfen sie sich kurze Blicke zu. »Geht es Ihnen nicht gut?«, fragte die Polizistin besorgt. »Haben Sie sich verletzt?« Im Schein der Taschenlampe leuchtete der rechte Ärmel seines Jacketts blutrot.

Stille Schönheit

Zärtlich schaut der Ehemann
seine Ehegattin an,
lässt den Blick durch Haare wandern,
lang und braun und sanft gewellt,
schaut von einem Aug zum andern,
bis der Blick zur Nase fällt.
Schaut die frechen Grübchen an
und den schlanken Hals sodann.

Seufzt, da er die beiden Brüste
wonnevoll zu preisen wüsste,
schaut den flachen, straffen Bauch.
dann den Flaum ihres Geschlechts,
ihr Gesäß natürlich auch.
Neckisch reizt es links und rechts,
dass man danach greifen müsste,
doch bezähmt er seine Lüste.

Blickt zu wohlgeformten Beinen,
die ins Nichts zu reichen scheinen
und in schlanken Füßchen enden
mit den kleinen, kecken Zehen.
Seufzend schaut er zu den Händen,
lässt die Augen übergehen,
zu den Fingerchen, den kleinen,
so ganz anders als die seinen.

Haarband, Ring, ihr Hemd, das knappe,
ihre Silberschmuckattrappe.
Was vergaß er zu erwähnen?
Ihren Kirschenmund gewiss,
offen weit, als ob sie gähne,
den sie, als er würgte, aufriss,
dass nach Atemluft er schnappe.
Endlich hält sie ihre Klappe!

Schwarzer Tod

Drei bis vier Tröpfchen. Großartig verkehrt machen kann man da eigentlich nichts«, hat der Mann gesagt.

»Und man riecht es nicht?«

»Riecht nach nichts und schmeckt nur ein kleines bisschen bitter. Aber nur ein bisschen. Und der Knüller ist, dass es nicht nachweisbar ist. Knipst einfach die Pumpe aus und Ende im Gelände.« Der Mann scheint seiner Sache sehr sicher zu sein.

Ich habe ihn übers Internet kennengelernt. Seinen Namen darf ich nicht verraten, das werden Sie verstehen.

Er wiederholt noch einmal: »Sie wird nichts spüren.«

»Nichts?«

»Nichts. Geht alles ganz schnell. Sekundensache.«

»Klingt gut. Das wäre wirklich schön. Eigentlich mag ich sie.«

Seine Hand legt sich tröstend auf meine Schulter. »Muss eben sein. Ganz schnell, ganz schmerzlos. Sie hat vielleicht noch Zeit, Huch zu sagen.«

»*Huch?*«

»Ja, *Huch* oder *Ui* oder ein Seufzer oder so was. Und dann Sense.«

Oma muss endlich sterben. Wenn das so weitergeht, wird sie irgendwann hundertachtzig, und ich bin immer noch pleite. Kann ja wohl nicht sein.

Wenn sie nicht so geizig wäre. Schade.

»Tasse Kaffee, Oma?«

Das sei das Beste, hat der Mann gesagt. Wegen des bitteren Geschmacks. Klar, oder?

Oma nickt. »Mach ihn schön stark, Junge.«

Ich verkneife mir ein Grinsen. Schwarzer Humor ist hier fehl am Platz, finde ich. Ist ja schließlich meine Lieblingsoma. Trotzdem ...

In den Filter, hat der Mann gesagt. Da verteile es sich schön. Gut, bitteschön. Ich setze Wasser auf und stülpe einen Porzellanfilter auf eine einzelne Tasse. Bei Oma wird noch von Hand gebrüht, wie früher.

»Du trinkst keinen, mein Jungchen?«

Ich schüttele den Kopf. »Mein Magen, Oma, mein Magen.« Ist nicht einmal gelogen. Mir ist ein bisschen flau.

Sie nimmt die Tasse, die ich ihr liebevoll mit dem Zuckerdöschen hingeschoben habe, legt den Kopf schief, grinst mich mit blinkenden Goldkronen an und schüttelt missbilligend den Kopf. »Jungchen, wo hast du bloß deine Gedanken?«

Ich verstehe nicht.

»Die Milch.«

Milch, natürlich. Ich bin völlig durcheinander. Aber im Kühlschrank ist keine Milch.

»Im Kühlschrank ist keine Milch!«

Da kann man nichts machen. Ohne Milch trinkt Oma den Kaffee nicht. Der Laden ist glücklicherweise gleich um die Ecke. Aus Gewohnheit lasse ich mir eine Zwei-Euro-Münze in zwei einzelne Euro-Münzen wechseln, um einen Wagen zu holen. Blöd. Ich brauche keinen Wagen. Ich brauche eine Büchse Milch.

An der Kasse gibt es eine lange Schlange. Drei Leute erbarmen sich meiner. Vier andere bleiben stur. Den Wagen mit dem Euro lasse ich zurück. Man muss investieren, um an die große Kohle zu kommen.

Als ich das Treppenhaus in den vierten Stock hochhechte, schlägt mir das Herz im Hals.

Schlüssel, Schloss, auf, zu.

Ein Staubsauger im Flur. Der war vorhin noch nicht da. Und dann höre ich Stimmen aus dem Wohnzimmer.

Als ich in die Szenerie stolpere, sehe ich, dass Oma Besuch bekommen hat.

»Das ist Herr Kampreuther von der Firma ... Er will mir einen Staubsauger zeigen.«

Soso, Herr Kampreuther von der Firma ...

Ich schüttele wie betäubt die Hand des dürren Mannes mit den vielen Schuppen auf den Schultern und betrachte Omas Tasse, die jetzt an seinem Platz steht und bereits halb leer ist. Herr Kampreuther trinkt keine Milch.

Herr Kampreuther hat offensichtlich das Gefühl zu stören. Alte Omas kann man bequatschen, aber wehe, der Enkel taucht auf.

»Wo ist die Toilette?«, fragt er.

Ich gehe vor ihm her in den Flur. Hinter mir höre ich noch ein schwaches »*Huch*«, dann das Rascheln eines Mantels und ein Plumpsen, und als ich mich nach Herrn Kampreuther von der Firma ... umdrehe, hat er bereits eine horizontale Lage eingenommen. Ging ja schnell. Ich schleife ihn ins Bad. Seine Fersen hinterlassen Spuren auf dem Teppichboden, die aussehen wie Eisenbahngleise. Die Schuppen wirbeln mir ins Gesicht.

»Haben Sie auch eine Saugbürste für Schultern?«, murmele ich verächtlich.

Als ich ihn auf die Fliesen bette, läutet es an der Tür. Oma hat einen Big-Ben-Gong. Jeder der metallischen Töne dringt mir bis ins Mark.

Badezimmertüre zu, Wohnungstür auf.

Lieselotte und Engelbert aus dem Hunsrück. Überraschung! Eine Wolke von Kölnisch Wasser, Küsse rechts und links, ein Schlag auf die Schulter, der mein Knochengefüge an dieser Stelle ein bisschen durcheinanderbringt.

Oma ist wie aus dem Häuschen. Ich grübele darüber nach, dass ich eigentlich nur noch zehn oder zwanzig weitere Verwandte einsammeln und hierherkarren müsste, dann bekäme sie vielleicht sogar ohne meine Tröpfchen den nötigen Herzkasper.

»Machst du uns Kaffee, Junge? Aber diesmal eine ganze Kanne, bitte. Ihr wollt doch Kaffee, oder?«

Wollen sie. Lieselotte behauptet, sie würde sterben für eine Tasse Kaffee. Mach so weiter, dann kannst du das haben, denke ich bitter. Ist natürlich nur ein Scherz.

Ich nehme die halb leere Tasse von Herrn Kampreuther und schütte sie in der Küche in den Ausguss. Dann setze ich einen Kessel Wasser auf den Herd. Das Fläschchen mit den Tropfen steckt in meiner Hosentasche. Alles unter Kontrolle. Während das Wasser aufkocht, muss Kampreuther verschwinden.

Ich bugsiere ihn, ohne dass jemand etwas davon mitbekommt, ins Treppenhaus. Da lehne ich ihn an die Wand und drücke ihm den geliebten Staubsauger in die Arme.

In Ausübung seines Berufs vom Tode ereilt ...

Mann, was würden mir da Texte für die Todesanzeige einfallen.

Nachdem ich die Wohnungstür wieder geschlossen habe, atme ich erst mal auf.

»Ist der nette Herr Kampreuther von der Firma ... Ist der schon weg, Jungchen?«

»Ist er, Oma. Und wie der weg ist.«

Ein Duft weht durch den Raum. Würzig, kräftig. Lieselotte kommt mit einer Kaffeekanne aus der Küche. Meine Panik packe ich gleich wieder weg. Das Fläschchen ist in meiner Hose. Oder? Fühlen. Doch, ist es.

»Der Junge kriegt keinen Kaffee, Lieselotte. Sein Magen.«

Mir ist jetzt auch gar nicht danach. Wir setzen uns im Kreis um das kleine Tischchen, und Lieselotte packt die Urlaubsfotos aus. Das Fichtelgebirge. Fantastische Aufnahmen. Lieselotte und Engelbert in tausendundeiner Variation. Von hinten, von vorn, mit Hut, mit Sonnenbrille, mit vollem Mund.

Zwischen dem siebenundvierzigsten Foto – Lieselotte vor dem Reisebus die dreizehnte, Klappe sieben – und dem achtundvierzigsten Foto – Lieselotte vor dem Reisebus die dreizehnte, Klappe acht – werfe ich einen Blick zu Engelbert auf der anderen Seite des Tisches. Er setzt die Tasse ab, und ich höre »*Ui*«. Dann sackt er nach hinten in den Sessel weg.

Was ist los? Kann ja wohl nicht sein. Da läuft irgendwas unrund!

Ich taumele in die Küche. Leerer Wasserkessel, alter Kaffeefilter, offenstehender Geschirrschrank.

Aus dem Wohnzimmer höre ich Lieselottes Stimme: »Du musst Oma neue Filtertüten kaufen. Ich habe die letzte noch mal benutzt.«

Ich bin versucht, in die Arbeitsplatte zu beißen. Aber unkontrollierte Wut nützt jetzt nichts. Kühler Kopf, ruhige Hand.

Hinter mir kommt Lieselotte in die Küche. »Hast du mich gehört, Junge?«

Habe ich. Ich höre auch »*Uff*« und kann ihr gerade noch die fast volle Tasse aus der Hand nehmen, als sie mit den Beinen wegknickt und ungebremst auf das Linoleum donnert. Alles so, wie es mir der Mann versprochen hat.

Immerhin das läuft glatt.

Big Ben. Dingdong Dingdong. Dingdongdingdong.

Ich schiebe Lieselotte unter den Küchentisch. Muss ich mich später drum kümmern. Dann fliege ich ins Wohnzimmer. Oma hat sich aufgerappelt und wackelt in Richtung Wohnungstür. Sie hebt den schrumpeligen Zeigefinger vor die Lippen und sagt: »Leise, Jungchen. Engelbert ist eingeschlafen. Wahrscheinlich ist er noch sehr erschöpft von der Urlaubsreise.«

Nee, klar, denke ich und packe Engelbert beim Revers. Vom Abenteuerurlaub im wilden Fichtelgebirge. Von wegen. Engelbert ist jetzt bei den Engelchen.

Engelbert ist doppelt so schwer wie Herr Kampreuther. Gefühlte dreihundertachtzig Kilo. Der Schweiß sprudelt mir in Fontänen aus den Poren.

Ich rolle ihn hinters Sofa und lege einen Zipfel des Teppichs darüber. Sieht nicht sehr überzeugend aus. Muss aber ja nur so lange reichen, bis ich außer Landes bin. Ich bin gerade fertig, als die Tür aufgeht.

Der Hausmeister, der mit Oma reinkommt, ist völlig außer sich. »In meinem Treppenhaus«, lamentiert er. »In meinem Treppenhaus ist noch nie einer gestorben!«

Auch Oma ist völlig verstört. »Stell dir nur vor, Junge, der Herr Kampreuther von der Firma ...« Dann mustert sie mich. »Du bist ja völlig verschwitzt, Jungchen.« Zum Hausmeister gewandt, sagt sie: »Sie müssen bei Gelegenheit mal nach den Heizkörpern gucken. Im Schlafzimmer und in der Küche klemmen die Thermostate.«

Er nickt matt und lässt sich auf einen Sessel sinken. »In meinem Treppenhaus ...«, stöhnt er.

Von mir kann er kein Mitgefühl erwarten. Nicht heute.

Wenn er jetzt nach dem Kaffee greift, werfe ich mich auf ihn. Jetzt muss Schluss sein.

Big Ben. Klar. Sonst kommt kein Schwein, und heute treten sich die Leute auf die Füße.

»Gehst du mal, Junge?«

Nein, ich gehe nicht. Ich werde diesen Hausmeister nicht aus den Augen lassen! Ich werde sein Leben retten!

»Es hat geläutet!«

Seiner Lieblingsoma kann man nichts abschlagen. Ich springe in den Flur und reiße die Wohnungstür auf. Frau Schnichels von nebenan hat Herrn Kampreuther nun auch kennengelernt. Seine Einsilbigkeit scheint sie verunsichert zu haben. Sie hat vorsorglich die Polizei angerufen, wie sie mir mit bebender Stimme erklärt, während ich zurück ins Wohnzimmer stolpere.

Kein Hausmeister.

Nur Oma.

Ich war nur Bruchteile von Sekunden draußen, bin eigentlich wieder da gewesen, bevor ich überhaupt rausgelaufen war, und trotzdem hat es dieser elende Hausmeister geschafft zu entkommen. »Wo ist er?«, schreie ich.

Meine Oma erschrickt und deutet auf die Küche. »Das Thermostat.«

Ich bin sofort bei ihm. In diesen wenigen Bruchteilen von Sekunden kann er doch nichts angestellt haben. Vielleicht hat er noch nicht einmal Lieselotte in ihrem Versteck unterm Küchentisch entdeckt. Noch ist alles zu retten.

Der Hausmeister sieht mich erschrocken an. Eine Hand hat er hinterm Rücken. Als er meinen panischen Blick sieht, holt er sie langsam nach vorne. Lieselottes Tasse. »Ist das Ihre? Ich hatte so einen trockenen Mund vor Aufregung ... *Ui!*«

Zack, auf dem Linoleum.

Bei Lieselotte ist kein Platz!

Jetzt ist alles egal. Ich torkele zurück ins Wohnzimmer.

Oma beugt sich über die schluchzende Frau Schnichels, der der Rotz aus der Nase läuft. »Das wird nicht lange dauern mit der Polizei«, sagt sie im Lieblingsoma-Tonfall.

Frau Schnichels schlürft Kaffee. Sieht eklig aus.

Als es wieder läutet, höre ich die Melodie diesmal nur noch wie unter Wasser zu mir durchdringen.

Ich gucke meine Lieblingsoma an und denke: Du wirst hundertachtzig, Oma. Du wirst am Ende noch zweihundertsechsunddreißig.

Dann setze ich mich neben Frau Schnichels und sage matt: »Ich hätte auch gern eine Tasse Kaffee.«

Oma zieht die Stirn kraus und meint: »Denk an deinen Magen, Jungchen.«

Vatertag

Hermann, Jörg, Friedhelm, Torsten, Ecki, Udo, Dirk, Hanno und Siegmund sind jetzt bestimmt schon gut drauf. In diesem Jahr sollte es eine Radtour werden. Als Friedhelm am Dienstag beim Kegeln die Einkaufsliste auf einen Bierdeckel gekritzelt hat, konnte man schon ahnen, worauf alles hinauslaufen würde. Wahrscheinlich haben sie alle schon mindestens vierzehn Mal angehalten, weil Hanno dauernd pinkeln muss. Und Torsten dauernd kotzen.

Und ich eiere durch den Schlosspark.

In diesem Jahr hatte ich die Auswahl zwischen drei Touren: Der Kegelclub, die Jungs vom Palettenlager und die Sportschützen. Nächste Woche werden mir wieder alle erzählen, wie toll es war. Sie werden mir die Bierkästen und die Schnapsflaschen vorrechnen. Sie werden von besoffenen Frauen erzählen und von dem, was sie angeblich mit ihnen gemacht haben. Und ich werde mir das alles geduldig anhören, und wenn sie mich fragen, was ich denn so gemacht habe, werde ich sagen: »Schloss Cappenberg«.

»Wie jedes Jahr«, werden sie sagen. Und ich werde nicken und sagen: »Wie jedes Jahr.«

Jedes Jahr Schloss Cappenberg.

Er will es eben so.

Früher hat er auf der anderen Seite der Straße gewohnt, die am Schloss vorbeiführt, in der Siedlung Baltimora. In dem Nobelviertel, in dem früher die Hunnis als Makulatur geklebt wurden. Er hatte da einen riesigen Kasten aus den Siebzigern, mit einem Trupp weißer Marmorfiguren im

Vorgarten und mit quadratkilometergroßen Panoramafenstern. Heute lebt er in Unna im teuersten Seniorenwohnheim der Stadt und verballert eine traumhafte Erbschaft, die eigentlich auf seinen Sohn wartet.

Er sagt immer: »Auf Vatertag spazieren wir durch den Schlossgarten. Das haben wir schon immer so gemacht.« Also tun wir das auch weiterhin.

Vatertag ist wichtig und sein Geburtstag im September. Wenn ich dann nicht auftauche, ist zappenduster.

Ich bemühe mich, ihn jeden Monat einmal zu besuchen. Manchmal reicht die Zeit dann gerade mal, um in der Innenstadt einen Kaffee zu trinken. Aber er freut sich. Das sagt er jedenfalls. Anmerken tut man ihm das nie.

Wenn wir das Auto geparkt haben, dauert es eine halbe Ewigkeit, bis ich ihn herausbugsiert habe. Man traut sich kaum, ihn anzufassen. Er jammert immer, er habe Glasknochen. Das halte ich natürlich für arg übertrieben. »Deine Autos werden immer kleiner!«, flucht er. Wundert mich schon sehr, dass er es nach dieser Strapaze überhaupt schafft, mich noch zwei, drei Stunden durch den Park zu hetzen. Er ist ein zäher, alter Knochen. Er wird hundert Jahre alt mit der Konstitution.

Am Torhaus ist bei schönem Wetter das Fenster im Erdgeschoss geöffnet, und man kann einem Graupapageien zuschauen, der sich durch seinen Käfig hangelt und allerlei baumelndes Spielzeug anknabbert.

Wenn wir vor dem Papagei stehen, lacht er leise und kehlig. Das ist die einzige Gelegenheit, in der ich so was bei ihm beobachte. Beim Reingehen und beim Rauskommen lacht er über das graue Etwas mit den roten Schwanzfedern, das ein paar unverständliche Silben vor sich hin kräht und hyperaktiv zwischen buntem Plastikkram herumwuselt. Das scheint sein Humor zu sein.

Dann schlurfen wir über den Kies zum Haupthaus. Der Rhododendron blüht üppig. Ich kenne diese Büsche nur blühend. Wenn kein Vatertag ist, gehe ich nie hierher. Warum auch. Ist ja nur seinetwegen. Ich habe andere Interessen.

Im Haupthaus gibt es eine neue Kunstausstellung. Das finde ich interessant. In den letzten Jahren hat mich das nicht gerade vom Hocker gerissen, aber das hier ist wirklich gut. Der Künstler heißt Rolf Escher. Es sind Aquarelle.

»Nächtlicher Friseursalon in Lissabon«. Das Bild berührt mich.

»So eine Scheiße«, knarzt er an meiner Seite. »Wer will sehen, wie es nachts in einem Friseurladen in Lissabon aussieht? Keine Sau.«

Über seinem Bett im Heim hängt ein monumentaler Ölschinken: »Heuernte am Niederrhein«.

»Ich finde es aber sehr ausdrucksstark«, sage ich zaghaft. Ich habe keine Lust auf einen Streit, aber ich muss ihm hierbei einfach widersprechen.

»Quatsch«, sagt er schneidend. Auf seinem Gesicht versammeln sich Zornesfalten. »Gequirlte Kacke ist das.«

Als wir später auf den Balkon gehen, klopft er mit seinem Spazierstock auf den nackten Hintern einer der beiden Putten, die die Balkontür flankieren. »Das ist schön«, sagt er barsch. »Das ist Kunst.« Ich bin lieber still.

In der Ferne sieht man den Förderturm und das Kraftwerk. Er beugt sich über die Balustrade. Dabei steht er auf den Zehenspitzen. Wie leicht kann man da das Gleichgewicht verlieren. So wahnsinnig hoch ist das nicht. Da bleibt man nicht tot bei. Aber wenn man Glasknochen hat ...

Reinhold, Pit, Horst, Karl-Dieter, Norbert, Holgi, Arno und Kai sind diesmal mit dem Bollerwagen los. Karl-Dieter, unser Betriebsschlosser, hat letztens überlegt, ob er nicht mal heimlich einen Gabelstapler ausleihen soll. Vatertagstour mit Gabelstapler – irre Idee. Er fing schon an zu rechnen, wie viel Bier man auf eine Palette stapeln kann.

Und ich stehe hier auf dem Balkon von Schloss Cappenberg. Super.

»Ich muss mal pissen«, sagt er. Wenn ich mich richtig erinnere, sagt er das immer an dieser Stelle. Also gehen wir zur Toilette. Als er hinter der weiß lackierten Tür verschwindet und schnaufende Geräusche macht, erinnere ich mich an vorvorletztes Jahr. Da hat er den kleinen, verzierten Drehknauf nicht mehr aufbekommen. Ein Hausmeister musste kommen und ihn rausholen.

Damals habe ich gedacht, dass es vielleicht das letzte Jahr sein würde. Er war eine ganze Zeit lang sehr durcheinander. Völlig verwirrt. Als ich vor zehn Jahren zurückgekehrt bin, habe ich gestaunt, wie durcheinander er war.

In letzter Zeit wird er immer klarer.

Er will jetzt keine Kunst mehr sehen. Als wir das Gebäude verlassen, weise ich ihn darauf hin, dass er den Hosenstall offenstehen hat.

»Die Kirche«, sagt er. »Und jetzt in die Kirche.«

Auch in der Kirche gibt es eine Ausstellung. Da hat ein Künstler die Figuren und Fratzen vom Chorgestühl auf große Leinwände übertragen. Die Bilder sind im ganzen Gebäude verteilt.

Als wir vor dem ersten Exponat stehen, versuche ich, nur das Kunstwerk und die fromme Stille auf mich wirken zu lassen.

Er lässt plötzlich einen fahren, dass es nur so von den Gewölben widerhallt. Als ich ihn erschrocken ansehe, sagt er barsch: »Das musste raus.«

Dann setzt er sich in eine Bank und murmelt: »Guck dir ruhig den ganzen Mist an. Ich bete inzwischen.«

Als ich ihn einmal gefragt habe, für wen er denn betet, hat er gesagt: »Für deine Schwester. Auch wenn sie's nicht verdient hat. Sie kann froh sein, dass sie überhaupt in geweihter Erde liegen darf.«

Ich habe mehrmals heftig schlucken müssen, um nichts darauf zu erwidern.

Als ich jetzt am anderen Ende des Mittelschiffs angelangt bin und mir gerade so denke, dass ich die echten Figuren viel interessanter finde als diese zweidimensionalen Abbilder, da höre ich ein neues Geräusch. Jemand sägt. Unglaublich. Wird hier am Feiertag gearbeitet?

Als ich zurückgehe, merke ich, dass er begonnen hat zu schnarchen.

Danach will er auf den Turm. Auf den alten Wasserturm. Das Ding ist ziemlich hoch. Er steigt tapfer die Stufen hinauf bis zur Aussichtsplattform. Nur auf der dritten Etage muss er mal kurz verschnaufen.

»Das hätte deiner Mutter auch gefallen, hier oben«, sagt er leise, als er den Blick schweifen lässt. Seine Hände krampfen sich um das Stahlgeländer. »Aber die hat mich ja auch im Stich gelassen. Wär' sie damals rechtzeitig ins Krankenhaus gegangen, dann ...«

Als er sich an den Abstieg macht, höre ich, wie er knurrt: »Blöde Kuh.«

Unter ihm sind die harten, metallenen Stufen an der Rundung der Wand, die sich in die Tiefe windet. Ein Stolpern würde verheerende Folgen haben. Seine Knochen würden zertrümmert, sein alter morscher Schädel in tausend Teile zerschmettert werden. Er knurrt noch mal: »Deine Mutter war wirklich eine blöde Kuh.« Ich fasse ihn am Arm.

Er fährt herum und sagt giftig: »Lass mich!« Aber ich bleibe hart. »Ich will, dass du heil hier runterkommst.«

Unten angekommen, hat er immer noch nicht genug. Er scheint heimlich Frischzellen zu nehmen. Als er wieder durch das Drehkreuz raus ist, fängt er auf einmal an, von früher zu erzählen. Von meinen Lederhosen und von meiner Einschulung. Das hat er noch nie gemacht. Ich kriege ein komisches Gefühl in der Magengegend.

Er bestimmt: »Wir gehen jetzt noch in den Tierpark!«

Die Weinstube zur Rechten hat zu.

Tierpark.

Toll.

Ich füge mich seufzend in mein Schicksal.

Einmal habe ich versucht, ihn zu überreden, den Ausflug um einen Tag zu verschieben. Da hätten wir beinahe richtig Krach gekriegt.

Willi, Wolli, Karsten, Diet, Ossi, Benno, Eddi und Jürgen von den Sportschützen sind in diesem Jahr nach Lünen zur Himmelfahrtskirmes. Sie wollen mir ein Lebkuchenherz mitbringen.

Am Torhaus ist dann wieder der Papagei. Man kennt das ja schon.

Ich gucke auf die Uhr.

Als er das merkt, fragt er lauernd: »Hast du etwa noch was vor?«

Ich verneine eifrig: »Wir wollen ja noch in den Tierpark!«

»Tierpark. Stimmt ja.« Er schwingt den Stock und wackelt los.

Links geht es die Stufen hinunter. Stufen, Stufen. Überall sind hier Stufen. Wenn er irgendwann mal im Rollstuhl sitzt, wird es schwierig werden. Ich sehe ihn vor meinem geistigen Auge schon, wie er meinem Griff entgleitet, wie er mit Karacho hinunterschießt, wie seine dürren Arme in der Luft herumfuchteln.

Scheppern, Knirschen, Kreischen ... Stille ... Ein Rad, das sich im Leerlauf dreht und immer langsamer wird.

Seine kiesige Stimme reißt mich aus meinen Gedanken: »Hast du Brot dabei?«

»Brot?«

»Für die Enten.«

»Oh.«

Mist. Das habe ich natürlich vergessen. Dabei liebt er es, die Enten mit Brot zu bewerfen. Ich könnte mich ohrfeigen.

Er schweigt.

Toll, er ist beleidigt. Was bin ich nur für ein verdammter Trottel.

Ich bezahle am Kassenhäuschen.

Er schweigt.

Wir spazieren am ersten Teich vorbei.

Er schweigt immer noch.

Ich versuche erst gar nicht, ihn aufzumuntern. Ich weiß, dass das nicht geht.

Er steht da, starrt finster auf das Wasser, das mit einem schmutzigen Teppich aus bräunlichen Blütenblättern bedeckt ist, die von der riesigen Rosskastanie rieseln. Er geht ganz nah an den Rand und guckt zu den Enten rüber, die ihre Runden drehen.

Wenn er nicht aufpasst, wird er ausrutschen. Er wird mit dem Gesicht nach vorne in den Uferschlamm fallen und nicht mehr die Kraft haben, aufzustehen. Man kann unter ungünstigen Umständen sogar in einer kleinen Pfütze ertrinken, in der nur eine Handbreit Wasser steht. Sein Plantschen würden ein paar entfernte Spaziergänger den herumtollenden Enten zuschreiben. Der Schlamm würde seine Schreie erbarmungslos ersticken.

Ich räuspere mich und sage: »Komm da weg. Wir gehen jetzt Kaffee trinken.«

Da bricht er sein Schweigen und sagt: »Gute Idee. Ich muss schon wieder pissen.«

Als wir später vor dem kleinen Kaffeehaus auf der Terrasse sitzen, schlürft er seinen Kaffee: »Außer Enten ist heute nix zu sehen. Wo sind die Rehe?«

Ich weiß das natürlich auch nicht. Wahrscheinlich treiben die sich weiter hinten rum, wo mehr Bäume sind. Über uns zieht sich langsam der Himmel zusammen.

Er zieht den Briefumschlag aus der Innentasche seines Blousons. Ich atme heimlich auf.

Noch mal gut gegangen.

Es sind zweitausend. So, wie jeden Monat. Kommt mir gerade recht. Ich habe noch einen Deckel in Werne. Und Olli kriegt auch noch Geld von mir. Er sagt: »Du sollst nicht auf mein Erbe warten.«

Und dann guckt er mich prüfend an und runzelt die Stirn. Das macht er in den letzten Monaten immer öfter. Ich bedanke mich artig. Als er den Kaffee bezahlen will, sage ich gönnerhaft: »Lass mal. Heute bezahle ich. Ist ja Vatertag.«

Als es in der Ferne donnert, denke ich an die Jungs vom Kegelclub, an die vom Sportschützenverein und an die Kollegen vom Palettenlager, und ich bin ein kleines bisschen schadenfroh.

Wir sehen auch später keine Rehe mehr, denn wir kehren zum Auto zurück. Wir wollen schließlich nicht nass werden.

Als ich ihn dann in Unna absetze, hat es bereits leicht begonnen zu regnen.

Ich will aussteigen, um ihm zu helfen, aber er sagt schroff: »Bleib sitzen!« und kramt ächzend den Schirm aus dem Fußraum. Also lasse ich den Motor laufen und beobachte ihn, wie er umständlich den Schirm aufspannt und es beinahe sogar schafft auszusteigen, ohne nass zu werden.

Er winkt mir nur kurz zu und geht.

Herzlicher verabschieden wir uns nie.

Und plötzlich dreht er sich noch mal um und guckt mich wieder so prüfend an.

Dann wendet er sich wieder ab und steigt die Stufen zum Eingang hinauf.

Das Leben ist sehr gefährlich für alte Menschen wie ihn. Stufen, Teiche, Türme ...

Er kann nur froh sein, dass ich auf ihn aufpasse. Ich werde nicht zulassen, dass ihm etwas geschieht. Er soll ruhig noch eine Weile am Leben bleiben.

Und trotzdem werde ich ihn irgendwann umbringen müssen. Da führt kein Weg dran vorbei.

Nicht, weil ich ihn einfach zum Kotzen finde.

Nicht, weil ich an die schrumpfende Erbschaft heran will.

Sondern schlicht und einfach, weil sein Sohn plötzlich zurückkehren könnte.

Oder weil er plötzlich irgendwie von selbst kapiert, dass er seit zehn Jahren einen völlig Fremden durchfüttert.

Baden gegangen

Das war es also jetzt«, denkt er. Wasser oben, Wasser unten, irgendwo dazwischen ein Fetzen schwarzes Nichts, das den Himmel darstellen soll. Alles dreht sich, alles tanzt um ihn herum, schmatzt, braust, schlürft, tobt. In die Nase, zum Mund wieder heraus, in die Ohren. Alles ist so stürmisch und wild, dass er kaum merkt, wie das Salz in den Augen brennt, wie das Wasser über seine Stoppelhaare spült, an seinen Klamotten reißt und ihn hin und her rollt. Alles geschieht gleichzeitig. Das Licht des Leuchtturms ist mal oben, mal unten, mal ist es gar nicht mehr zu sehen.

Das war es jetzt also, wie gesagt.

Pitt weiß, dass es in solchen Situationen durchaus üblich ist, sein ganzes Leben noch einmal in Sekundenschnelle an sich vorbeiziehen zu sehen. Zeitraffer gerafft gewissermaßen. Und davon dann die geraffte Version.

Geschieht aber nicht. Was soll da auch schon groß kommen? In seinem momentanen Zustand darf man ihn das eigentlich nicht fragen. Jetzt hat er eigentlich andere Sachen im Kopf. Überleben zum Beispiel. Paddeln, strampeln, nach Luft schnappen. Und ärgern. Über diese blöde Idee und über den heimtückischen Wind, der plötzlich aufgefrischt ist und das hier alles angerichtet hat.

Vielleicht doch gar nicht schlecht, mal rasch Resümee zu ziehen. Das Leben und so. Da vergisst er vielleicht die Panik. Beim Nachdenken über das Leben, da denkt er vielleicht nicht so sehr ans Sterben.

Bei der Geburt war er nach der Meinung der anderen Beteiligten zwar anwesend, allerdings lässt seine Erinnerung an dieses Ereignis zu wünschen übrig. Aufgewachsen im Dorf in den Bergen, mit Mutter und Großmutter. Waschen mit kaltem Wasser. Das muskulöse Fräulein Zugner mit dem Rohrstock, Schulabbruch, Fleischerlehre. Die dicke Frau vom Chef nackt zwischen Schweinehälften. Danach neuer Job als Aushilfskellner im Ausflugslokal. Mutter und Tochter aus dem Ruhrgebiet. Dunkle Hotelzimmer. Zwei. Und schließlich dann die Anstellung als Parkplatzwärter.

Kein Elternhaus, kein Schulabschluss, keine Ausbildung. Irgendwie hatten ihm diese blöden Frauen immer alles vermasselt.

Kommt der Leuchtturm näher? Das wäre ihm schon sehr recht.

Er war schon mal auf Wangerooge. Und zack – da ist er auch schon in der Vergangenheit. Da ist dann wieder Evelyn an seiner Seite. Strand, Muscheln, Möwen. Pitt mit Evelyn auf Wangerooge. Streit, Tränen, Fischallergie.

Schon den ersten Urlaub hatte sie ihm damals versaut. Er hätte gleich weglaufen sollen, aber damals hatte er die Nase voll gehabt vom Weglaufen. Die ganzen fünf Jahre war es dann nicht eben besser geworden. Als Evelyn dann eines Tages kam und sagte, dass es vorbei war, dass sie jetzt einen habe, der Geld verdiene und Fred heiße, da hatte er gar nicht gewusst, ob er lachen oder weinen solle. Er hatte dann beides einmal versucht. Und beides hatte seine Situation nur unwesentlich verbessert. Zu der Liste der Dinge, die er nicht hatte – Abschluss, Eltern, Beruf, etc. hatte er nun auch die Freundin hinzugefügt.

Und dann kam ihm dieser Plan in den Sinn. Dieser Plan, der alle Probleme lösen würde. Dieser Plan, der so genial einfach war, dass es nichts geben konnte, was seinen positiven Verlauf beeinträchtigen konnte.

Evelyn hätte ihn ausgelacht, wenn sie auch nur einen Bruchteil dessen erfahren hätte. Aber sie hatte jetzt den erfolgreichen Fred, der Geld verdiente, ohne geniale Pläne zu schmieden.

Und er ist also jetzt im Begriff zu ertrinken. Zu der umfangreichen Sammlung der Katastrophen seines Lebens gesellt sich nun der einsame Tod im kalten Salzwasser vor der Küste Wangerooges. Und dieses Mal ist keine Frau dran schuld. Schuld ist eigentlich die Mundharmonika.

Das ist das Einzige, was er in seinem Leben wirklich beherrscht und nicht umgekehrt. Von Kindesbeinen an hat er dem kleinen, blechernen Ding die schönsten Töne entlockt. Es vibriert unter seinen Lippen und schenkt ihm Melodien voller Sehnsucht und Traurigkeit.

Schuld ist natürlich auch der *Pianoman*. Ohne ihn wäre der geniale Plan nicht gereift. Ohne ihn würde Pitt noch immer im Bergdorf die Parkplatzschranke bewachen und bei der alten Frau Klosters zur Miete wohnen, die ihm einfach die Heizung abdreht, wann immer sie es für angebracht hält.

Als er den *Pianoman* in der Zeitung gesehen hat, mit seinem traurigen Blick, da hat er sich gedacht: Das kann man natürlich auch mal probieren. Angespült, rätselhaft, stumm, bemitleidenswert. Das kriegt man hin. Einen Frack wie der hat er nicht und Klavier spielen kann er auch nicht. Nur schweigen muss man können. Richtig laut schweigen, dass es die Leute verzückt. Und immerhin hat auch er ein Instrument, mit dessen Hilfe er dann die Frauenherzen zum

Schmelzen bringen kann. Und diesmal wird er sich die Frauen aussuchen. Nicht andersrum.

Den *Pianoman* hatte es an Land gespült, und er hatte seither kein Wort geredet, und er guckte immer so traurig und spielte so schön Klavier. Alle Welt liebte ihn und jeder hatte eine andere Theorie, wo er herkäme. Würde nicht lange dauern, bis das verfilmt würde. Und er würde schon bald Konzerte geben, der *Pianoman.* Und er würde vom Jetset adoptiert werden und herumgereicht werden, und reich würde er. Unermesslich reich, das ist dem Pitt schon jetzt klar.

Eine gute Idee darf man getrost kopieren. Da bedurfte es dann nur einer Fahrkarte nach Wangerooge, eines radikalen Haarschnitts und einer Totalrasur. Da war die Mundharmonika, die er sogar bei sich trägt. Zwar ist sie mit Sicherheit längst aufgequollen, und kein vernünftiger Ton wird ihr mehr zu entlocken sein, aber er braucht wenigstens nicht großartige pantomimische Verrenkungen zu machen, um der staunenden Welt zu erklären, mit welcher Art von Musikinstrument er gedenke, die Menschheit zu beglücken. Der *Mundharmonikaman.* Traurig gucken kann er auch. Und wie. Und schweigen, wie gesagt.

Aber jetzt geht es ja ans Sterben. Er kann förmlich hören, wie Evelyn lacht. Nun ja, er hat die Strömung unterschätzt.

Die Überfahrt mit dem Zug zur Insel ist ohne Störungen verlaufen. Die Luftmatratze war so klein zusammengefaltet, dass er sie in der Tasche seines Parkas verstaut bekommen hatte. Mit einem Parka bleibt man unauffällig. Und mit Schweigen. Er hat da schon prima üben können. Auch bei der Kartenkontrolle.

Dann hat er im Osten der Insel Luft in die Matratze gepustet. Um ihn herum war Nacht. Ein kühler Wind, der alles in allem nicht wirklich beunruhigend wirkte. Und dann stach Pitt, der *Mundharmonikaman,* in See.

Irgendwann glaubte er, weit genug draußen zu sein, aber auch nicht zu weit, als dass ihn seine eigenen Kräfte nicht hätten zurück an den Strand bringen können.

Wie kriegt man eine Luftmatratze kaputt? Seine Fingernägel waren abgekaut, also biss er hinein. Zerrte und schnappte wie ein Hund, bis die Luft entwich. Nichts sollte übrig bleiben, was ihn verraten könnte. Ein vorbeiziehender asiatischer Ozeandampfer vielleicht, ein panamaischer Frachter womöglich ... das waren die Dinge, die seiner möglichen Herkunft die nötige Würze verleihen würden. Wenn man herausfand, wie er wirklich ins Wasser gekommen war, wäre nicht nur aus der Matratze ganz schnell die Luft raus.

Und dann kam dieser Wind. Und er hatte beschlossen, Wellen mitzubringen. Die beiden sind ja gerne miteinander unterwegs. Und sie packten und rüttelten ihn, den einzigen Schwimmer weit und breit, mit einer boshaften Freude, und Pitt kam sich ein bisschen ausgenutzt vor.

Die schlappe Matratze haben die beiden sicher schon bis nach Kap Hoorn getrieben. Aber Pitt nicht. Der kämpft.

Der Leuchtturm kommt jetzt tatsächlich näher! Die Wellen haben sich offensichtlich was Neues überlegt und schubsen ihn ausnahmsweise jetzt mal in Richtung Strand.

Die Lichter von Wangerooge werden größer, heller. Die Nacht zerbricht. Die Sterne über ihm scheinen es zum ersten

Mal still und unbeweglich auf ihren Posten auszuhalten. Er glaubt, einzelne Gebäude erkennen zu können. Das *Café Pudding* zum Beispiel. Da war er mit Evelyn damals auch mal. Da hat sie ihm zum ersten Mal eine Ohrfeige gegeben.

Pitt versucht es noch einmal mit Schwimmbewegungen. Er treibt voran, kommt in Fahrt.

Das war es nun also doch noch nicht gewesen.

Er erkennt plötzlich Leute. Ein paar einzelne Gestalten, weit über den dunkelgrauen Strand verstreut. »Bloß nicht schreien!«, sagt sich Pitt und übt wieder Schweigen. Kein Ton! Keinen einzigen Ton darf er sich jetzt noch erlauben!

Da! Sein Knie hat etwas gestreift! Boden! Unter ihm schießt der Sandboden dahin, galoppiert hinaus in die offene See, während er selbst mit rasender Geschwindigkeit auf den Strand zugleitet, fliegt. Er paddelt und schlägt um sich. Sand knirscht zwischen seinen Zähnen. Das Wasser verändert seine Konsistenz, umspült ihn mit sandigem Schaum, wirft ihn nach vorne über die rauen Bodenwellen des nassen Strandes.

Die schnelle Bewegung endet mit einem lauten Krachen in seinem Nacken. Das Rückgrat möglicherweise. Bei seinem Glück wird er sich vielleicht gar nicht mehr anstrengen müssen, nicht zu sprechen. Seine Finger greifen in den Sand, Salzwasserseen bilden sich. Er fühlt und hört alles: Wind, Möwen, Brandung, Sand, Salz. Tasten ... riechen ... funktioniert alles.

Schritte, die näherkommen. Eilige Schritte. Das Abenteuer beginnt. Er beißt sich auf die Zunge. Das große Schweigen kann beginnen.

Eine Gestalt vor dem Schwarz des Himmels. Werden sie seine Mundharmonika gleich finden? Werden sie von selbst draufkommen? Der *Mundharmonikaman*? Wo wird er zum ersten Mal spielen dürfen? Im Kursaal von Wangerooge? Wer wird seine Rolle spielen, wenn es erst mit Hollywood losgeht? Brad Pitt? Tom Cruise?

Heftiges Atmen an seiner Seite. Eine Hand in seiner Halsbeuge. Der Puls donnert ihm im Kopf, den kann man doch nun wirklich mit bloßem Auge erkennen!

Die Möwen krakeelen in der Luft. Warum schlafen die nicht?

Eine Hand an der Schulter. Nur nicht zu sehr mithelfen! Die Rettung muss schon ausreichend spektakulär sein. Später muss es in der Zeitung, im Buch, im Film heißen: »Zuerst dachte ich, er sei tot, aber dann sah ich plötzlich, wie er seine Mundharmonika aus der Tasche holte! Und dann erklang diese wunderschöne Melodie über den nächtlichen Strand!« Oh ja, er kann es sich ganz genau vorstellen.

»Pitt?«

Wie? Was?

»Fred, komm mal her!«

Fred? Wieso?

Evelyns Gesicht in der Nacht über ihm. Oder doch der Vollmond?

»Evelyn?« Das Schweigen hat ein rasches Ende gefunden. Super.

»Was soll das? Was ziehst du hier ab?« Dieser Tonfall, genau wie immer. Fünf Jahre lang dieser Tonfall. »Fred!« Laut, fast so schrill wie die Möwen. Und danach ein wütendes Zischen. »Verdammt, wo steckt der bloß wieder?« Bei ihm also auch schon dieser Tonfall. Mit ihm also auch auf Wangerooge.

»Du bist schuld!«, flüstert Pitt, weil er das mit dem Schweigen doch ohnehin abgehakt hat.

»Wie bitte?« Sie beginnt zu lachen. So, wie sie ihn immer ausgelacht hat.

»Du!« Seine Faust, mit der er die Mundharmonika umklammert hält, fliegt nach vorne. Wasser sprüht in Fontänen durch die Luft. Ihr Nasenbein kracht. Sie stöhnt laut auf, als sie nach hinten sackt.

Und jetzt liegt sie plötzlich auf dem Rücken, und er kniet auf ihr. Greift in die schaumige Brandung, spült Schlamm nach oben, drückt ihren Kopf unter Wasser. Wie eine Art ekstatisches Sandburgenbauen. Schlamm auf Schlamm. Ihre Hände pflügen durch das Schlammwasser. Es gluckert, als sie versucht, zu schreien oder zu atmen. Das Tosen der Wellen schluckt alles.

Nach ein paar Minuten lässt sie das mit den Händen sein. Sie regt sich jetzt gar nicht mehr. Nur ihr Körper wird beinahe sanft von der Brandung hin und her geschoben. Er steht da und guckt einigermaßen ratlos zu ihr hinunter.

Die Möwen haben weiter oben immer noch ihren Spaß.

Jetzt nähert sich auch der bummelnde Fred. Sie hat nicht genug Zeit gehabt, ihn richtig zu erziehen. Zu spät.

Pitt guckt aufs Meer hinaus und schiebt die Mundharmonika wieder in seine Hosentasche zurück. Dann muss er sich eben eine andere Insel suchen. Ein anderes Land vielleicht sogar.

»Ein neues Leben«, denkt er plötzlich, während er in die Wellen hinauswatet. »Ein ganz neues, ganz anderes Leben.«

Da hat er wahrscheinlich den entscheidenden Fehler in seinem grandiosen Plan gemacht.

Zuerst muss er nämlich das alte mal beenden.

Also los!

Guck mal

Das mit dem Klettverschluss klappte prima. Man musste nur beide Hände an das Revers legen und ziehen, und ... *Ritsch* ... schon klaffte eine große Lücke im hellgrauen Mantel, die den Blick freigab auf das, was Fredi zeigen wollte.

Er übte es vor dem mannshohen Spiegel im Schlafzimmer.

... *Ritsch* ...

Er versuchte, das Öffnen des Mantels aus einem verwegenen Hüftschwung heraus kommen zu lassen.

... *Ritsch* ...

Er probierte es geradezu militärisch, Haltung kerzengerade, die Beine ein wenig gespreizt.

... *Ritsch* ...

Er stellte sein Nachttischlämpchen an verschiedene Stellen im Raum auf, um die unterschiedlichen Wirkungen des Lichteinfalls zu testen.

Ritsch ... Ritsch ... Ritsch.

Am Ende war er dann der Meinung, dass sich wahrscheinlich doch irgendwie alles aus der Situation heraus ergeben würde, dass man gewisse Dinge gar nicht im Voraus planen konnte. Alles würde sich so fügen, wie das Schicksal es verlangte.

Fredi zog den Mantel aus und hockte sich, bis auf Schuhe und Strümpfe splitternackt, auf die Bettkante. Er musste noch was unternehmen, damit er sich nicht die Finger verletzte. Da er nicht nähen konnte, hatte er das Klettband mit dem Tacker am Mantelsaum festgemacht. Er beschloss, zum Schutz der Finger einen langen Streifen Leukoplast drüber zu kleben, dann würde alles perfekt sein.

Der Doktor hatte damals versucht herauszufinden, wie das eigentlich angefangen hatte. Das war, als Mutter noch gelebt hatte. Sie hatte ihn irgendwann gezwungen, zu diesem Doktor nach Schleiden zu fahren, der sich »nur mal mit ihm unterhalten« wollte.

Der Arzt hatte natürlich auf Granit gebissen. Fredi schwieg beharrlich und erzählte nichts von den Zeiten auf dem Gymnasium, in der sie zu mehreren mit dem Zentimetermaß ihre Männlichkeit verglichen hatten. Wie schön war das gewesen, wenn plötzlich Mädchen in den Raum hineingeplatzt kamen. Die anderen Jungs hatten immer rasch eingepackt, und er hatte sich bemüht, die ganze Pracht noch ein paar Momente lang auf dem Pult liegen zu lassen.

Später wurden die Gelegenheiten seltener. In der Umkleidekabine der Turnhalle ging schon mal was, und auch bei den Duschen im Schleidener Schwimmbad. Alles war nur eine Frage des Timings, so hatte er herausgefunden: eine Frage des Timings und der Örtlichkeiten. Die Toilette einer Gaststätte konnte Gold wert sein, wenn die Urinale so angebracht waren, dass keine Trennwände den Einblick vom Flur behinderten, wenn die Frauen draußen vorbei zum Damenklo gingen. Man musste nur ein bisschen Zeit mitbringen. Und natürlich Stehvermögen.

Einer seiner schönsten Erfolge war der dreißigste Geburtstag von Kurt Willerscheid aus Urft gewesen, der im Kellerschwimmbecken von Kurts Eltern endete, und bei dem im allgemeinen Rausch niemand der Gäste mehr Rücksicht auf hinderliche Textilien oder nicht vorhandene Badebekleidung genommen hatte. Alle waren am Ende hackestrack gewesen und wussten nicht mehr, was sie taten, als sie sich die Kleider vom Leib rissen. Nur er selbst hatte den Abend ungewöhnlich enthaltsam verbracht, da er bereits geahnt hatte, worauf alles zusteuerte. Und als dann das große Plantschen begann, entledigte er sich mit Sorgfalt seiner Kleidung, die er fein säuberlich gefaltet in der Kellerbar ablegte, und genoss dann das Gefühl, so gesehen zu werden, wie die Natur ihn geschaffen hatte.

Geheiratet hatte Fredi nie. Das wäre dann auch schwierig geworden. Mit Mutter und so. Sie war eine dominante Persönlichkeit gewesen. Keine hätte es in der Einliegerwohnung mit ihr im selben Haus ausgehalten.

Mutter war jetzt schon drei Jahre tot, und Fredi war eigentlich ein ganz umgänglicher Zeitgenosse, mit dem die anderen im *Barnana* an der Theke standen oder auf der Oldiedisco abfetzten. Er arbeitete als Monteur bei einem Busbetrieb und hatte ein paar Kumpels, mit denen er Fußball spielte. Seine Kollegen Beppo, Horst und ihre Freundinnen kamen manchmal zum Videoabend in seine Bude am Ortsausgang Richtung Olef.

Sie alle ahnten nicht, was er wirklich mochte, was ihn wirklich heiß machte. Beppo und Horst hatten ein paarmal versucht, ihn zu verkuppeln, aber das hatte sich jedes Mal als völliger Rohrkrepierer erwiesen. Bei diesen Frauen funktionierte nichts. Er brauchte etwas anderes. Er brauchte das Gefühl, das ihn packte, wenn er wusste, dass Irmchen von der anderen Straßenseite ihn »zufällig« nackt im Badezimmer beobachten konnte. Manchmal tat das auch die Mutter von Irmchen. Und manchmal auch die Oma, die mit den beiden unter einem Dach wohnte. Hauptsache: Da guckte eine Frau.

Es war auch schon geschehen, dass er im Sommer nackt hinterm Haus herumlümmelte und die Briefträgerin mit einem Einschreiben um die Ecke kam. Das war nicht kalkuliert, das waren eben einfach echte Glücksfälle. Da zehrte er lange von.

Er hatte auch mal mit einem Leistenbruch im St. Antonius-Krankenhaus gelegen und hatte sich schon vorher gefreut wie ein Schneekönig. Aber das war eine Pleite gewesen, denn wann immer er irgendwo mit entblößtem Unterkörper in den Gängen herumlungerte, entlockte das den Schwestern bestenfalls ein Stirnrunzeln. Die Oberärztin betrachtete seinen nackten Körper maximal unter medizinischen Aspekten. Nur der Moment, als die Frau seines Bettnachbarn ihn bei der Suche nach einer Blumenvase hinterm Vorhang überraschte, blieb ihm positiv im Gedächtnis haften.

Der Schrecken im Gesicht seines Gegenübers, so hatte er herausgefunden, dieser Schrecken war das Tüpfelchen auf dem i. Das Zusammenzucken, die weit aufgerissenen Augen, die kleinen, spitzen Schreie, das war das Größte. Dann ging bei Fredi die Post ab.

Und heute würde er endlich einen richtigen Schrecken erleben dürfen. Er hatte lange gezögert, aber heute war es so weit.

... Ritsch ...

Fredi fuhr mit dem Auto nach Euskirchen. Es war noch kühl, auch wenn dem Kalender nach in einer Woche der Sommer beginnen sollte. Deshalb hatte Fredi seinen Plan unmaßgeblich geändert und hatte sich ein T-Shirt angezogen. Er hatte sich für ein schwarzes entschieden, weil er nach eingehenden Prüfungen vor dem Schlafzimmerspiegel zu der Überzeugung gelangt war, dass Schwarz einen wunderbaren Kontrast zu seinem fast schneeweißen Unterleib bildete. Schwarzes T-Shirt, schwarze Strümpfe, schwarze Schuhe. Der Mantel war grau, aber es war der einzige gewesen, der sich für diese Unternehmung angeboten hatte.

Wieder und wieder hatte er sich die Stelle angesehen, an der es geschehen sollte. Stundenlang, über Wochen.

Der Schillerpark in der Südstadt mochte in den Zwanzigerjahren, in denen man ihn angelegt hatte, einmal ein herrliches Fleckchen Natur gewesen sein, an dem die ganze Familie einen sonnigen Sonntagnachmittag verbringen konnte, aber heute war um den Teich herum, den die Enten langsam aber sicher zuschissen, alles arg in Mitleidenschaft gezogen. Die Beete waren zertrampelt und die Grasflächen verwüstet. Die Euskirchener Bürger gingen nicht besonders gut mit einer ihrer seltenen Grünflächen um.

Und doch gab es immer wieder Spaziergänger hier, wie Fredi bei seiner Langzeitstudie festgestellt hatte. Und zwar nicht zu viele. Gegen Einbruch der Dunkelheit nahm der Betrieb ab. Wenn auf der Schillerstraße und der Augenbroicher Straße die Straßenlaternen angingen, dann trieb es nur noch wenige Menschen hierher. Die meisten von ihnen kürzten hier ihren Heimweg ab, wenn sie am Ufer des Teichs vorbeieilten, und nur vereinzelte Personen schlenderten noch im hereinbrechenden Dunkel zwischen den Bäumen umher. Ein paar Penner ab und zu, von Zeit zu Zeit ein Liebespaar. Es wurde dann langsam still im Park.

Dies würde Fredis Stunde sein!

... Ritsch ...

Auf dem Weg vom Auto zum Schillerpark spürte er die kühle Abendluft, die zwischen seinen Beinen unter den Mantel wirbelte. Ein leichter Schauder kroch ihm den Rücken hinauf, und er war froh, das T-Shirt angezogen zu haben. Es wäre natürlich das Vernünftigste gewesen, bis zum Sommer zu warten, aber diese Unternehmung hatte einfach keinen Aufschub mehr geduldet. Frühlingsgefühle.

Fredi machte weit ausholende Schritte und erreichte schon bald das erste Grün. Der Abend hatte seine Schatten über der Szenerie ausgebreitet. In sommerlicher Vorahnung pfiffen ein paar Vögel im Geäst ihr Abendlied. Er atmete tief durch und verließ das sichere Terrain der Bürgersteigplatten. Unter seinen Schuhen knirschte nun der trockene Lehm. Es begann.

Zunächst durchmaß er den kleinen Park einmal der Länge nach mit betont langsamen Schritten, wobei er häufig den Kopf hin und her gehen ließ, um eventuelle Liebespaare aufzuspüren, die sich in den Büschen herumlümmelten. Solche verborgenen Beobachter konnten ihm womöglich die Tour vermasseln. Aber da war niemand. Es war an diesem Abend überhaupt niemand da, wie es schien.

Auch beim zweiten Mal, als er seine Schritte schon etwas forscher entlang des Weihers lenkte, in dem die schlummernden Enten ab und zu leise rätschende Geräusche von sich gaben, begegnete er keiner Menschenseele. Erst als er den Park ein weiteres Mal durchmessen hatte, stieß er auf dem Gehweg entlang des Eifelrings beinahe mit einem Jogger zusammen.

Fredi kaute auf der Unterlippe und überlegte, ob er es ein viertes Mal versuchen sollte. Womöglich war es besser, sich im Park zu verstecken und einfach auf die nächste Frau zu warten, die sich im Halbdunkel zeigen würde. Er war ratlos. Wie machten das die anderen bloß? Die Zeitung war voll von Meldungen über Männer, die sich in aller Öffentlichkeit in »schamverletzender Weise« zeigten. Das konnte er doch auch! Er hatte das doch so lange geübt!

Plötzlich stand ein übel riechender Bursche mit einer Plastiktüte vor ihm, in der es verdächtig klirrte. Irgendwo aus dem zotteligen Bart des Mannes kam ein heiseres »Hassemanekippe?« Dann ein explosionsartiger Husten mit kleinen Tröpfchen.

Fredi machte, dass er Land gewann. Der Penner mit der Plastiktüte krakeelte Unverständliches hinter ihm her. Das war alles höchst unbefriedigend. Fredi biss zerknirscht die Zähne zusammen und beeilte sich, zurück zu seinem Auto zu kommen.

Womöglich hatte er den falschen Abend erwischt. Wann war der richtige Abend für einen Exhibitionisten? Ein Langer Donnerstag? Ein Freitagabend? War heute vielleicht ein Länderspiel? Er warf sich verärgert hinter sein Lenkrad und überlegte, dass er blöderweise das Gelände immer nur bei Tag sondiert hatte, dass er sich eigentlich am Abend hätte umsehen müssen.

Eine Weile grübelte er, ob es nicht tatsächlich klüger sei, die ganze Aktion abzubrechen.

Und jetzt packte ihn auch noch der Hunger. Fredi startete kurz entschlossen den Wagen und fuhr los.

Wohl wissend, dass er in seinem Aufzug unmöglich in ein Restaurant oder eine Imbissbude hineinspazieren konnte, lenkte er seinen Wagen ortsauswärts, in Richtung *McDrive*. Das große M strahlte weithin sichtbar in den Abend.

Am Autoschalter gab er mit trockenem Mund seine Bestellung auf, und als er das kleine Fensterchen erreichte, hinter dem die junge Frau die Burger ausgab, konnte er sich nur noch mühsam im Zaum halten. Am liebsten hätte er auf der Stelle die Autotür aufgerissen und der Frau mit dem albernen Papierhütchen und dem Mikrofon seinen Unterleib entgegengereckt ... *Ritsch!*

Insgeheim war er aber froh, dass ihn der Gurt festhielt und dass der Platz zwischen Fahrzeug und Gebäudewand viel zu knapp bemessen war, als dass er die Tür weit genug aufbekommen hätte.

Auf dem Parkplatz verschlang er hastig einen Big Mäc und einen Neuner McNuggets mit Currysoße. Ein bisschen Soße tropfte ihm in den Schoß.

Fredi hatte das Gefühl, er müsse wahnsinnig werden.

Danach zwang er sich eine halbe Stunde lang zur Ruhe. Er presste den Rücken ganz fest gegen den Fahrersitz und legte den Kopf, so weit es ging, in den Nacken. Er atmete tief und gleichmäßig. Und als ihm langsam die Kälte die nackten Beine hinaufkroch, beschloss er, einen letzten Versuch zu wagen, und startete den Motor.

Das Licht der Laternen reichte nicht weit. Der größte Teil des Parks lag in völliger Finsternis. Fredi gab sich Mühe, sich, so weit es ging, im Schatten fortzubewegen. Er betrat den asphaltierten Weg kaum. Unter seinen Schuhen flüsterten dürre Grasbüschel und trockene Zweige. Sein Mut sank immer mehr. Genauso gut hätte er auf dem Friedhof zwischen den Grabsteinen herumschleichen können. Er würde sich nach einem anderen Ort umsehen müssen. Hier war er völlig fehl am Platz.

Dann sah er die Gestalt der Frau im Halbdunkel auf einer Parkbank. Derselbe kühle Wind, der ihm eine Gänsehaut auf die nackten Beine zauberte, wellte ihre langen, blonden Locken. Oder doch ein Typ? Nein, keine Frage, das erkannte Fredi an den geschwungenen Linien ihres Rückens, die sich unter dem dünnen Mantel abzeichneten, am Kunstpelzkragen, an den Stöckelschuhen. Eine Frau. Nichts ahnend, arglos, opferbereit.

Fredi zog scharf die Luft ein. Es war so weit!

Er schlich sich von hinten an die Parkbank heran. Es war nur eine Sache von Sekunden. Niemand war in der Nähe. Wenn er es jetzt nicht tat, würde er es nie tun.

Fredi pumpte seine Lungen voll Luft, spannte jeden Muskel an und legte die Hände an den Mantelkragen. Er rief »Guck mal!«, huschte mit leise flüsternden Schritten um die Parkbank herum, sprang vor sie, und es machte ... *Ritsch* ...

Als er mit hungrigem Blick in ihre schreckgeweiteten Augen sah und im Halbdunkel ihren weit aufgerissenen Mund registrierte, durchströmte ihn ein wohliges Gefühl.

Er stand da, breitbeinig, erlaubte dem kühlen Wind, seinen Körper zu streicheln und spürte die unbändige Euphorie, die augenblicklich Besitz von ihm nahm und die sämtliche Säfte und Kräfte durch seine Adern brausen ließ.

Er stand da wie eine Vogelscheuche, der auffrischende Wind ließ die Schöße seines weit ausgebreiteten Mantels locker flattern, und die junge Frau starrte ihn wie gebannt an und schien nicht imstande, den Blick von ihm abzuwenden.

Und dann kippte ihr Körper langsam zur Seite, verlor jeglichen Halt auf der Parkbank, und sie stürzte mit dem Gesicht nach vorne auf den Asphalt, ohne dass sich ihr maskenhafter Gesichtsausdruck auf irgendeine Art und Weise entspannte.

In Fredis Körper fiel augenblicklich der Strom aus. Das Orchester, das ihm für Sekunden in den Ohren getobt hatte, schwieg augenblicklich. Knisternde Stille trat ein.

Als er fassungslos auf den leblosen Körper zu seinen Füßen starrte, hörte er nur noch das dumpfe Pulsieren seines eigenen Blutes.

Was war geschehen?

Nachdem er für einige Momente wie versteinert in seiner bizarren Pose verharrt hatte, raffte er seinen Mantel zusammen und beugte sich langsam zu der Frau hinunter. Er tippte ihr vorsichtig auf die Schulter. »Hallo? Wollen Sie nicht aufstehen?«

Der Körper rührte sich nicht. Er hauchte zaghaft ein »Ich tu Ihnen auch nix«, aber nichts geschah. Fredi bekam es mit der Angst zu tun.

Als er sich zwang, in ihrer Halsbeuge nach dem Puls zu tasten, überkam ihn die grauenvolle Gewissheit, dass die Frau zu seinen Füßen nicht mehr lebte.

Er hatte sie zu Tode erschreckt.

Augenblicklich kämpfte sich ein gequälter Ton seine Kehle empor. Er hatte sie getötet! Der Schrecken, den er sich so erhofft hatte, den er um alles in der Welt hatte herbeiführen wollen, hatte sie getötet!

Hastig rollte er ihren Körper herum und blickte in ihren gebrochenen Blick. Kleine Zweige und Steinchen klebten an ihrer Wange. Beim Sturz schien sie sich einen Vorderzahn ausgeschlagen zu haben.

Sie war tot! Kein Zweifel. Er hielt eine tote Frau im Arm, deren letzter Blick seinem nackten Unterleib gegolten hatte.

Schritte wurden laut. Fredi, der immer noch in gebeugter Haltung neben der Toten ausharrte und versuchte, das Unfassbare zu begreifen, reckte den Kopf empor. Jemand näherte sich von der Schillerstraße her! Im nächsten Moment würde er entdeckt werden!

Und ehe er richtig begriff, was er tat, hatte er schon die Leiche gepackt und auf die Bank zurückgehievt, und gerade, als sich eine nahende Gestalt aus dem Halbdunkel schälte, hatte Fredi den Körper wieder in eine halbwegs sitzende Position gebracht. Aber zum Verschwinden war es eindeutig zu spät. Der Mann war nur noch etwa fünfzig Meter entfernt, und die Leiche rutschte bereits wieder zur Seite.

Fredi warf sich neben sie auf die Bank, legte seine Arme um sie, presste seinen Körper an den ihren, und in dem Moment, in dem der Fremde sie erreicht hatte, beugte er sich über sie und führte seine Nasenspitze ganz nah an die ihre. Er blickte in das Weiße der schreckgeweiteten Augen.

Das Geräusch der Schritte brach abrupt ab, der Fremde musste direkt vor der Bank innegehalten haben, und als Fredi, der immer noch die Leiche fest umklammert hielt, glaubte, er müsse auf der Stelle schreiend aufspringen, hörte er ein geradezu wehmütiges Seufzen, und der Fremde ging weiter. Diesmal begleitete er seinen Schritt mit einem leisen Pfeifen. Fredi erkannte *Moon River*. Der Frühlingswind rauschte über ihren Köpfen in den noch dürren Ästen. Es hätte romantisch sein können.

Als er nichts mehr hörte, sprang Fredi panisch auf. Die Leiche sackte auf der Stelle wieder zur Seite weg, blieb diesmal allerdings schräg auf der Bank liegen.

Fredi wischte sich mit der Hand durch das Gesicht. Er musste hier weg! Wenn die fremde Frau hier einen Schlag bekommen hatte, war das nicht sein Problem. Da konnte man ihn nicht für belangen.

Aber in diesem Moment spürte er einen metallischen Geschmack auf den Lippen. Er schmeckte Blut.

Verwirrt hielt er seine Linke so, dass das schwache Licht der Laterne sie beleuchtete. Sein Handteller war leuchtend rot. Und nun bemerkte er auch den großen Fleck auf dem Pulli der toten Frau, der zwischen ihren Mantelschößen aufleuchtete.

Fredi wusste nicht, was hier vor sich ging. Was als spannend erotisches Abenteuer begonnen hatte, verwandelte sich von Minute zu Minute in einen haarsträubenden Horrortrip.

Schon waren wieder Schritte zu hören, und diesmal wartete Fredi nicht, bis es zu spät war. Er überwand ein weiteres Mal seinen Ekel und packte die Tote unter den Achseln. Mit aller Kraft zerrte er sie von der Bank und schleifte sie in das Dunkel der angrenzenden Büsche.

»Ich war es nicht«, flüsterte er ununterbrochen. »Ich war es nicht ... ich war es nicht!«

Ihre Füße holperten über den unebenen Boden, als er sie ins Gebüsch zog. Ein Schuh löste sich vom Fuß, und als er sie hinter einem der alten Bäume in der Finsternis abgelegt hatte, sammelte er ihn rasch ein und warf ihn dazu. Er beobachtete aus dem Dunkel heraus eine alte Frau, die mit langsamen Schritten den Gehweg entlangwackelte. Für einen schwachen Moment machte es in seinem Kopf »*Ritsch*«, und er dachte: Ja, ja, gleich komm ich, Oma, dann mach ich »*Ritsch*«, und du kippst um. Ich mach euch allen »*Ritsch*«! Ihr kippt alle um, und ich staple euch hinter den Bäumen übereinander!

Dann zwang er sich zur Ruhe und sagte sich, dass ja alles ganz anders war. Er hatte ja niemanden getötet. Hier war etwas anderes geschehen. Etwas, mit dem er nichts zu tun hatte. Als die alte Frau verschwunden war, sprang er aus seinem Versteck hervor. Einen kurzen Moment lang dachte er daran, den abgebrochenen Zahn der Toten zu suchen, aber er verwarf diesen Gedanken gleich wieder. Weg! Nur weg!

Fredi strauchelte aus dem Park heraus und überquerte die Augenbroicher Straße. Nur noch ein paar Meter, und er würde sein Auto erreicht haben. Und dann zurück nach Schleiden, in den Schutz seiner kleinen Wohnung, weg von dieser Katastrophe!

Schon von Weitem erkannte er drei Leute, die um sein Auto herumstanden und laut diskutierten. Er sah auch das geöffnete Garagentor, aus dem ein heller Lichtschein drang. Er hatte das Gefühl, unter ihm müsse sich der Erdboden auftun!

Als er sich in einen Hauseingang drückte, um von den Leuten nicht gesehen zu werden, wäre er fast über etwas gestolpert, das dort in der Finsternis am Boden lag. Er erkannte schemenhaft zwei Beine. Und plötzlich rollte etwas vom Treppenabsatz, tanzte klirrend die zwei Stufen zum Gehweg hinunter und zerschellte. Eine Schnapsflasche. Fredi hätte beinahe laut losgeschrien. Aber dann hörte er mit einem Mal ein dröhnendes Schnarchen, und als seine Augen sich an die Dunkelheit gewöhnt hatten, erkannte er undeutlich den Penner von vorhin. Fahler Alkoholdunst stieg zu ihm auf.

Und in diesem Moment fiel sein Blick auch auf seine eigenen, unbekleideten Beine, die weiß und nackt im Dunkeln geradezu zu leuchten schienen.

Und mit einem Mal hatte er eine glänzende Idee!

Der Penner schnarchte ungestört weiter, während Fredi ihm langsam und mit angehaltenem Atem die zerschlissene Jogginghose von den Beinen streifte. Er wunderte sich, wie mühelos dies vonstatten ging, bei dem Pech, das er an diesem Abend hatte.

Er überwand seinen Ekel und schlüpfte in Windeseile hinein. Die Hose strömte einen elenden Gestank aus, aber Fredi war dankbar für das rettende Angebot. Zum Dank zupfte er einen Fünf-Euro-Schein aus seinem Portemonnaie, das er in der Manteltasche mit sich trug, und stopfte es dem schnarchenden Mann in die Brusttasche.

In diesem Moment leuchtete hinter der Haustür Licht auf, und ferne Schritte wurden laut.

Fredi sprang auf den Gehweg hinaus und steuerte zielstrebig auf sein Auto zu.

Als er den Schlüssel aus der Manteltasche fischte, erkannten ihn die diskutierenden Menschen als den Eigentümer des Verkehrshindernisses.

Ein Mann rief: »Dat wurd aber auch Zeit, Jung!«

Eine Frau stellte sich ihm mit verschränkten Armen in den Weg und zischte: »Wir wollen auf dat Bläck-Fööss-Konzert un du blockiers uns de Jarasch! Ich glaub, du ticks net richtisch!«

Und als Fredi sie sanft zur Seite schob und die Autotür aufschloss, brüllte der andere, der sich im Garageneingang postiert hatte: »Du waats jetz! Mir haben de Bullen jerufen, du Aaschloch!«

Aber Fredi ließ sich stumm auf den Fahrersitz gleiten, konzentrierte sich auf das Lenkrad, auf das Armaturenbrett, auf den Zündschlüssel und startete. Als einer der Typen gerade den Griff der Seitentür packte, heulte der Motor auf, und der Wagen machte einen Satz nach vorne und schepperte gegen das vor ihm geparkte Fahrzeug. Der Motor verstummte augenblicklich, die Umstehenden hielten in ihren wilden Bewegungen inne und gaben für einen Augenblick keinen Laut mehr von sich, und das Standlicht seines Autos tauchte alles in ein unwirkliches Licht.

Und dann geschahen mehrere Dinge fast gleichzeitig:

Ein schriller Frauenschrei kam irgendwo aus der Gegend der Haustür, vor der Fredi den halbnackten Penner hatte liegen lassen.

Ein Polizeifahrzeug bog vor ihnen um die Ecke des Häuserblocks.

Fredi startete den Wagen erneut und setzte zurück. Es schepperte ein zweites Mal ohrenbetäubend laut.

Und dann schoss er aus der gewaltsam erweiterten Parklücke, verfehlte den weiblichen Bläck-Fööss-Fan um Haaresbreite und schoss mit quietschenden Reifen an dem Streifenwagen vorbei in die Nacht hinein.

* * *

Die Polizisten gingen nicht eben freundlich mit ihm um. Er hatte ihnen einen ruhigen Abend versaut und hatte am Ende ganze drei Streifenwagenbesatzungen in Aufruhr versetzt, die es erst kurz vor der Autobahnauffahrt Wißkirchen schafften, sein Fahrzeug einzukeilen und zum Stillstand zu bringen.

Eine Polizistin war auch dabei. Fredi hätte am liebsten, weil ja jetzt sowieso alles zu spät war ... *Ritsch* ... den Mantel aufgerissen und sich die stinkende Leihhose heruntergezerrt. Aber bevor er diesen Gedanken überhaupt zu Ende gedacht hatte, hatten sie ihm auch schon die Handschellen angelegt.

In der Polizeiwache wurde er an dem bärtigen Penner vorbeigeführt, der laut jammerte, er sei aber doch wirklich kein Exhibitionist, das sei ja alles ein großes Missverständnis. Er habe nur zwei kleine Apfelkorn und eine Cola getrunken und sei doch eigentlich so gut wie nüchtern! Fredi war froh, dass der Typ ihn gar nicht bemerkte. Die schmuddelige, neonfarbene Jogginghose aus Ballonseide, die ihm um die Beine baumelte und still vor sich hin stank, war schließlich unverwechselbar.

Während Fredi auf einer Bank wartete, wurde der Penner mit einer wohlwollenden Ermahnung nach Hause geschickt, und Fredi rückte angstvoll in den Schatten, als der Trunkenbold an ihm vorbei nach Hause schlich.

Fredi erlaubte sich, fürs Erste einmal erleichtert aufzuatmen.

Dann erschien ein Polizist und komplimentierte ihn in ein Verhörzimmer hinein. Er seufzte. »Was für ein Abend!« Und mit einem Fingerzeig in die Richtung, in die der Penner verschwunden war, murmelte er mit leicht fatalistischem Unterton: »Harmlos. Exhibitionist. So Typen lungern immer da rum. Aber der hier hatte noch 'ne Unterhose an, dem konnten wir nix.«

Fredi schüttelte zaghaft mit dem Kopf. »Sachen gibt's ...« Und heimlich atmete er schon wieder auf.

»So, und nun zu uns, junger Mann.« Der Polizist ließ sich schwer auf einen Bürostuhl fallen. »Ich bin kein Unmensch. Es gibt Extremsituationen, in denen reagiert man ein bisschen heftig. Aber das von vorhin war starker Tobak. Das sollten Sie mir jetzt mal erklären.«

In diesem Moment kam die junge Polizistin herein und beugte sich zu ihrem Kollegen hinunter. Sie tuschelten etwas mit ernsten Gesichtern, und Fredi hörte nur vereinzelte Worte wie »Büsche«, »Erstochen« und »Leiche«.

Dann hörte er, wie das Blut in seinen Ohren rauschte, und neue Panik befiel ihn.

Und als die Polizistin den Raum wieder verließ, rief ihr der Kollege hinterher: »Volles Programm! Alle Mann! Ich komm gleich nach. Muss nur noch den hier abhaken!«

Und dann wandte er sich mit zerknirschter Miene zu Fredi und seufzte erneut, so, wie er das gerne und oft zu tun schien. »Jetzt wird es richtig heiß. Jetzt nehme ich mir mal Ihre Papiere, und Sie erzählen mir ganz schnell, was passiert ist, denn hier ist gleich Kirmes. Da ist das, was Sie heute Abend angestellt haben, ein Kinderspielchen gegen. Da sprechen wir die Tage mal in Ruhe drüber.« Er seufzte schwer. »Also ... Papiere.«

Fredi, der sein Glück nicht fassen konnte, griff in seine rechte Hosentasche, weil er in diesem Moment, in dem er sich schon im Gewahrsam, bei Wasser und Brot auf einer harten Pritsche gesehen hatte, nicht mehr daran dachte, dass er ja seine Brieftasche gar nicht dort verwahrte, wo sie sonst immer steckte, weil ja immerhin die Hose, die er trug, gar nicht seine Hose war. Und als er plötzlich, mit reichlich ratlosem Gesichtsausdruck, einen Gegenstand aus den

Tiefen der Tasche zutage förderte, mit dem er zunächst so rein gar nichts anfangen konnte, runzelte er die Stirn.

Ein Taschenmesser. Soso.

Kein teures, sondern ein abgenutztes, altes Ding, so eines, wie es einem Penner gehören mochte, der damit Flaschen entkorkte, oder der es in nächtliche Spaziergängerinnen hineinbohrte, je nachdem. Obendrein war es mit krustigem Blut verschmutzt.

Die Blicke der beiden begegneten sich, und der Polizist sah Fredi sehr ernst an und seufzte wieder. Lang und klagend und aus der Tiefe seines Herzens. Und dann sagte er: »Ich glaube, Sie bleiben doch noch ein bisschen bei uns.« Und dann rief er seine Kollegen.

Ein Problem im Garten

Am späten Dienstagnachmittag,
der Himmel war gerötet,
hat Lotte Schmitz mit einem Schlag
den Gatten Franz getötet.
Mit Hilfe einer Marmorputte
auf frisch gemähtem Rasen
Hat sie in ungestümer Wut
das Licht ihm ausgeblasen.

Da diese Tat nicht lang geplant,
vielmehr spontan erfolgt war,
stellt die nun folgende Beseitigung
tatsächlich ein Problem dar.
Was tun mit hundert Kilo Fleisch,
mit Knochen, Haut und Haupthaar?
Wohin mit dem, der lang schon
nicht mehr Quelle ihrer Lust war?

Zwar lockt die Aussicht, die Schlachtung
und auch Verwursten böten,
doch mangelt es an Ausbildung.
Auch Werkzeug wär' vonnöten.
Kein treues Haustier ist zur Hand,
das ihn zum Fressen gern hat.
Zu schade, auch kein Krähenschwarm,
denn Krähen werden nie satt.

Mit Hobelspänen ausgestopft,
mit klarem Lack versiegelt,
würd' er zum Standbild, wo der Mond
sich in der Glatze spiegelt.
Voll Wolle und voll Fensterkitt,
in ihn hineingezwängt,
geriet' zur Garderobe er,
an die man Mäntel hängt.

Möglich wär' auch ein Säurebad,
wenn man nur Säure hätte,
dann dienten seine gelben Zähne
gar zur aparten Kette.
Die Balsamierung zwänge sie,
das Hirn ihm zu entfernen.
Sie müsst's ihm aus der Nase zieh'n.
Auch graust sie's vor den Därmen.

Sie hat so ihre liebe Not
mit ihrem toten Gatten,
sie denkt an manchen schönen Tag,
den sie im Garten hatten.
Er seufzte oft im Sonnenschein:
»Hier möchte ich ewig liegen.«
Sie furcht die Stirne, denkt: »Na gut.
Den Willen kannst du kriegen.«

So lässt sie ihn am Ende dort,
wo es um ihn geschehen,
lässt Sonne dörren, Flocken schnei'n,
lässt Winde um ihn wehen.
Es hilft ihr der Natur Gewalt.
Es hilft ihr gar der Frost.
Dann harkt sie das, was übrig bleibt,
ganz schlicht auf den Kompost.

Ein Paket, ein Paket!

Bislang hat Richie sich über Päckchen immer sehr gefreut. Stollen von Oma, Schokolade von Tante Elfi oder so was. Das zeigt ihm, dass jemand in der Ferne an ihn denkt. Und jetzt das: ein Ohr. Ein menschliches Ohr. Das linke, so weit er das mit vor Ekel halb zugekniffenen Augen feststellen kann. Eingewickelt in fleckiges Zeitungspapier mit dem Datum des Vortags, in einem wattierten Umschlag, der gerade so in seinen Postkasten gepasst hat. Ein Ohr! Wer schickt ihm ein Ohr? Der beiliegende Zettel, geradezu klassisch zusammengeklebt aus Buchstabenschnipseln, kann vielleicht Aufschluss geben. »Hunderttausend Euro, Silvester Mitternacht auf dem Aldiparkplatz, sonst ist Benno tot!«

Richie kennt keinen, der Benno heißt – und das mit dem Ohr macht ihn nervös. Ist das vielleicht für seine Ex? Die wohnt doch schon fast ein Jahr nicht mehr bei ihm. Auf dem bräunlichen Umschlag findet er die Lösung. Wie so oft ist die Post an allem schuld. Er wohnt zwar in Bad Münstereifel, aber er heißt nicht Elke Samander, und im Nobelviertel an der Windhecke wohnt er auch nicht. Wieder mal fremde Post. Das passiert ihm nicht zum ersten Mal.

Was nun? Soll er Frau Samander das Ohr ihres Gatten den Berg hinauf zum Windheckenweg bringen? Das traut er sich nicht. Nachher glaubt sie noch, er hätte was damit zu tun. Aber das Ohr soll sie doch kriegen. Schließlich will er das nicht im Haus behalten.

Und da kommt ihm eine Idee. Wenn er das Ohr sowieso in ihren Briefkasten wirft, kann er doch gleich ... Nachdem er zwei Stunden und fünf Asbach lang nachgedacht hat, nickt er entschlossen, kramt ein paar alte Illustrierte und die Nagelschere raus und schneidet aus: »Sechzigtausend Euro Silvester Mitternacht am Bahnhof, sonst ist Benno tot!« Die niedrigere Summe soll sein Gewissen beruhigen. Schließlich hat er ja nicht die Sauerei mit dem Abschneiden gehabt und so. Er grübelt noch ein bisschen, knibbelt schließlich die Sechs wieder ab und ersetzt sie durch eine rote Fünf aus einer Möbelhauswerbung. Nur nichts übertreiben.

Richie vermummt sich mit Parka, Pudelmütze und Handschuhen. Soll ihn ja keiner erkennen, wenn er das Päckchen einwirft.

Als er später nach Hause zurückkehrt, zittert er trotz seiner Daunenjacke. Jetzt hat er aber was in Bewegung gesetzt! Er trinkt noch ein paar Asbach auf seinen Mut und danach noch ein paar, um die Gedanken daran zu verdrängen, was jetzt wohl mit dem einohrigen Benno passiert, wenn keiner kommt und das gewünschte Geld zum Aldiparkplatz bringt.

* * *

Bald wird er reich sein. Dann will er reisen. Richie hat schon allerhand Pläne, als er sich in der Silvesternacht auf den Weg macht. Sicher hat Frau Samander keine Polizei eingeschaltet. Sie weiß ja, dass das unter Umständen den Tod ihres Gatten bedeuten könnte.

Ein paar verfrühte Böller knallen durch die Nacht, als Richie den Bahnsteig erreicht. »Nicht gerade der beste Platz, wenn man mit dem Auto fliehen will«, denkt er. Aber er hat ja gar kein Fluchtauto. Noch nicht! Beim nächsten Mal würde das schon anders aussehen. Er kichert leise. Fünfhunderttausend Euro.

Es ist klirrend kalt.

Plötzlich steht eine zierliche, stark geschminkte Frau vor ihm. Sie trägt einen Pelzmantel und ist wie aus dem Nichts aufgetaucht. Richie weiß zuerst gar nicht, was er sagen muss. Aber sie nimmt ihm das ab. »Machen Sie mit ihm, was Sie wollen«, zischt sie. »Ich bin froh, dass er weg ist.«

Richie glaubt, nicht richtig gehört zu haben. Er gibt nicht auf: »Okay, dreißigtausend. Dreißigtausend sind auch in Ordnung. Das Ohr haben Sie ja schon. Dann kriegen Sie auch den Rest. Dreißigtausend, okay?«

Sie lässt die Augenbrauen affektiert in die Höhe tanzen und mustert ihn von oben bis unten.

»Ich tu Ihrem Mann auch nichts, wenn Sie mir das Geld geben. Ist es da drin?« Er zeigt auf ihre Handtasche. »Ich nehme dreißigtausend, und den Rest nehmen Sie wieder mit. Zwanzigtausend, okay? Zwanzigtausend!« Richie ist ein lausiger Entführer.

»Da ist überhaupt nichts drin«, zischt sie wieder. Es klingt eher wütend als ängstlich. »Ich bin nur gekommen, um Ihnen zu sagen, dass Sie ihn behalten können, meinen Benno. Er kotzt mich an, wissen Sie.« Sie wendet sich von ihm ab, um zu gehen.

»Moment mal ...«, stammelt Richie und fasst sie beim Pelz.

Da schießen die Raketen in die Luft. Von der Stadt her ertönen die Kirchenglocken.

»Finger weg!«, sagt die Frau wütend und tritt ihm gegen das Schienbein.

»Aber Ihr Mann! Benno!«, quiekt Richie, als sie die Handtasche durch die Luft schwingt und damit auf sein Gesicht zusteuert. »Sie wollen doch nicht, dass Benno was zuleide getan ...« Unter dem Krachen hunderter Raketen und eines Nasenbeins bricht das neue Jahr an.

* * *

Benno Samander ist doch wieder freigekommen. Weil niemand auf die vielen Telefondrohungen und das abgeschnittene Ohr reagiert hat, haben sie ihn irgendwann Anfang Januar auf dem Autobahnparkplatz bei Engelgau rausgeschmissen. Von ihnen fehlt jede Spur.

Seine Frau hat ihn erst gar nicht mehr ins Haus gelassen. Die Schlösser waren bereits ausgetauscht, und schon am Tag seiner Freilassung hat er einen Brief ihres Scheidungsanwalts erhalten.

Er ist jetzt ganz unten. Während seine Frau sich mit ihrem neuen Lebensgefährten auf den Malediven sonnt, ist er in Münstereifel geblieben. Bei der Scheidung ist alles draufgegangen. Haus, Yacht, Chalet und Jaguar. Wenigstens ist er noch am Leben.

Irgendwie soll die Post schuld daran sein, dass die Entführung in die Hose gegangen ist, hat Benno gehört. Wundert ihn nicht. Die Post hat sich ja schon so einiges geleistet. Sein Ohr ist er jedenfalls los. Er erzählt an der Theke immer wieder, was die vermummten Entführer mit ihm gemacht haben. Und dann zeigt er die Stelle, an der früher sein Ohr war. Seine Haare hat er jetzt ganz lang wachsen lassen, da sieht man das fehlende Ohr normalerweise nicht.

Letzte Woche haben Richie und Benno ganz zufällig nebeneinander am Metzgereiwagen auf dem Markt gestanden. Keiner hat den anderen erkannt. Wie auch? Beide starren wie gebannt auf die Schweineöhrchen.

Bloody Bayreuth

Dr. Siegfried Harprecht liebte die Stunden, in denen sich der Tag verabschiedete und sich der Abend durch den Feierabendverkehr der Hauptstraße vor seinem Büro hindurchschlich und durch das Fenster hereindämmerte.

Die beiden Sekretärinnen waren vor einer knappen halben Stunde gegangen, und der Anrufbeantworter war eingeschaltet.

Er erwartete einen letzten Gast. Was nichts Ungewöhnliches war. Es gab häufig Mandanten, die es erst in den Abendstunden schafften, ihn zu konsultieren. Er sprach dann alles für den Schriftverkehr Relevante auf das Diktafon und ließ es am Morgen von einer der beiden Damen auf Papier bannen.

Als er den Türöffner drückte und das weit entfernte Summen vernahm, wuchs seine Aufregung. Dieser Besuch war anders. Der Mann, der ihn angerufen hatte, war nicht wie die anderen Mandanten seiner Anwaltskanzlei.

Er war groß, fast riesig und ließ die Schultern nach vorn hängen, so, als schleppe er tagtäglich eine unsichtbare, ungeheure Last mit sich herum. Sein Haar war kurz geschoren, und hinter zwei kreisrunden Brillengläsern zwinkerten nervöse Äugelchen.

»Mein Name ist Schweiger«, sagte er heiser. »Hagen Schweiger.«

»Ich weiß«, sagte Dr. Harprecht gedehnt und deutete auf einen Stuhl vor seinem Schreibtisch.

Schweiger bewegte sich linkisch. Er stieß an Gegenständen an, die gar nicht da waren und stolperte über Teppichkanten, die keine waren. Als er endlich saß, krümmte er seinen Oberkörper noch weiter nach vorne und schlug die Beine so übereinander, dass sie wie verknotet aussahen.

»Ich bin Detektiv.«

»Das haben Sie am Telefon gesagt.«

»Ich war Detektiv. Diesen Beruf übe ich nicht mehr aus seit ... zehn Jahren.«

»Wie kann ich Ihnen helfen?«

Schweiger wand sich. »Ich werde Ihnen erzählen, warum ich seit zehn Jahren nicht mehr als Detektiv arbeite, und am Ende werden Sie dann wissen, warum ich kein Detektiv mehr bin.«

Dr. Harprecht nickte und machte eine einladende Handbewegung. »Erzählen Sie.«

»Ich habe eine Wagner-Allergie.«

»Eine was?«

»Eine Wagner-Allergie. Meine Eltern haben mich mit Richard Wagner gequält. Mein Vorname ist Hagen, wie gesagt. Meiner zweiter Vorname ...« Er druckste herum. »Mein zweiter Vorname ist Parsifal.«

Dr. Harprecht unterdrückte ein Schmunzeln. Überhaupt war die Gestalt, die vor seinem Schreibtisch kauerte, geradezu lächerlich. Der Mann wand sich hin und her, als er erzählte. Eine gequälte Seele. Schwer vorzustellen, dass dieser Kerl einmal Privatdetektiv gewesen sein sollte.

»Können Sie sich ausmalen, wie man sich als Kind fühlt, wenn schon beim Frühstück der Holländer durch das Haus fliegt? Die Hörner, die Geigen, die Pauken ... Das hat mich sehr nervös gemacht. Meine Eltern hörten Wagner. Von morgens bis abends. Nichts als Wagner. Bei uns wurde nicht ferngesehen. Wir saßen abends zu dritt um die Musiktruhe und hörten Wagner-Schallplatten. Ich durfte nur aufs Klo, wenn die Schallplatte rumgedreht wurde. Manchmal glaube ich, dass ich schon im Bauch meiner Mutter die *Walküre* gehört habe. Wir hatten Stahlstiche von Richard Wagner und Bühnenbildentwürfe von *Lohengrin,* vom *Rheingold,* und was weiß ich, überall im Haus verteilt. Ich wurde von klein auf zu Konzerten mitgeschleppt. Ich hasse Wagner!« Er spuckte es regelrecht aus. »Ich kann keine Wagner-Pizza essen, ohne dass ich Ausschlag kriege!«

»Also eine Wagner-Allergie. Soso.«

»Eine waschechte!«

»Und was hat das mit Ihrer Geschichte zu tun?«

»Bayreuth!«

»Bayreuth?«

»Bayreuth! Ich hätte wissen müssen, dass das schiefgeht! Ein Auftrag, der mich nach Bayreuth führt, kann gar nicht glatt über die Bühne gehen!« Sein Blick ging in die Ferne. Ein verstohlenes Lächeln umspielte seine Mundwinkel. »Eigentlich klang alles ganz gut. Das Geld steckte plötzlich in meinem Briefschlitz. Dreitausend Mark. Das ist üppig für einen kleinen Privatdetektiv wie mich. Da macht man auch mal eine Ausnahme, auch wenn man eine Wagner-Allergie hat. Wissen Sie, es ging um eine Schauspielerin. Katja Lenoil. So ein französischer Nachname, der macht doch gleich was her, oder? Damals war sie noch verheiratet mit diesem Konservenmillionär hier aus Köln, diesem Detlev Frahm. Frahm-Konserven, kennen Sie ja. Kennt ja jeder. Wenn ich mich richtig erinnere, war er etwa zwanzig Jahre älter als seine Frau. Ich habe sie oft im Fernsehen gesehen.

In dieser Serie, die an der Côte d'Azur spielt, und in diesen Filmen, in denen immer alle so bunte Klamotten tragen. Kann mich an keinen einzelnen Titel mehr erinnern, komisch. Nun ja, ich kannte sie jedenfalls. Und dann kommt dieser Anruf von diesem Mann: »Ich möchte, dass Sie Frau Katja Lenoir für mich beschatten. Sie finden einen Briefumschlag mit einem Vorschuss in Ihrem Briefkasten. Frau Lenoir fährt über's Wochenende nach Bayreuth zu den Festspielen, und ich vermute, sie wird sich dort heimlich mit einem Bekannten treffen, der mehr als nur ein Bekannter für sie ist.«

Schweiger sah sein Gegenüber an und ließ die Augenbrauen in die Höhe tanzen. »Mit einem Liebhaber, Dr. Harprecht, verstehen Sie?«

»Ich verstehe. Könnten Sie das mit dem Nägelkauen lassen?«

»Was? Oh, natürlich, Entschuldigung. Es macht mich so nervös, wenn ich zurückdenke.«

»Fahren Sie bitte fort.«

»Natürlich. Gerne. Zunächst dachte ich natürlich: Auweia! Bayreuth! Wissen Sie, das ist, als würde plötzlich im Radio der *Lohengrin* gespielt. Dann kriege ich so ein Jucken am Kopf. Aber da war dieses Geld, und Katja Lenoir ist so eine schöne Frau, und ich habe sie ja auch mal in diesem Film gesehen, in dem sie oben ohne zu sehen war. Das war mit diesem ... na, wie hieß der noch?« Er guckte hastig zu Dr. Harprecht hinüber. »Mache ich Sie nervös?«

»Ein bisschen.«

»Entschuldigung. Ich versuche, etwas straffer zu erzählen. Ich bin also runter nach Bayreuth. Frau Lenoir wohnte etwas außerhalb, in einem ehemaligen Jagdschloss, dem *Schlosshotel Thiergarten*. Ein tolles Ding. Edel eingerichtet, alles voller Brokat und Gold, mit Bibliothek und Elchkopf und riesigem Kuppelsaal und allem Pipapo. Nun ja, ich hatte schon ein komisches Gefühl, als ich mich da eingemietet habe, mit meinen Klamotten und den Turnschuhen. Da habe ich eigentlich nicht so richtig hingepasst.«

»Haben Sie denn überhaupt ein Zimmer bekommen? Während der Festspiele?«

»Ja, das habe ich. Das ist allerhand, was. Da war tatsächlich ein Zimmer für mich reserviert! Jemand hatte es telefonisch unter meinem Namen gebucht.« Er grinste breit. »Herr Frahm hatte offensichtlich dafür Sorge getragen, dass ich ganz nah bei seiner Frau war. Und was das für ein Zimmer war! Jungejunge! Das hatte Stil! Beim Abendessen habe ich dann auch gleich Frau Lenoir gesehen. Es war entsetzlich!«

»Was war entsetzlich? Frau Lenoir?«

»Im Hintergrund lief Wagner. Die *Morgendämmerung*. Ich hätte die Wände hochgehen können! Aber ich habe mich gezwungen weiterzuessen. Das Essen war sehr teuer und köstlich. Ich machte mir Gedanken über meine Spesenabrechnung. Und mein Zielobjekt habe ich die ganze Zeit nicht aus den Augen gelassen. Wagner hin, Wagner her! Sie saß ganz alleine da. Völlig verlassen. Am liebsten wäre ich zu ihr gegangen und hätte sie angesprochen und mich zu ihr gesetzt. Frau Lenoir, hätte ich gesagt. Ich bewundere Sie sehr. Ich habe Sie in dem Film gesehen mit diesem ... na, wie hieß der noch, dieser Film, in dem sie oben ... na, irgendwas hätte ich schon zu ihr gesagt. Aber ich habe mich zurückgehalten und sie weiter beschattet. Immer hübsch auf Abstand. Später zog sie sich dann rasch auf ihr Zimmer zurück. Sie bewohnte das Kronenzimmer, ich erinnere mich noch ganz genau. Natürlich habe ich versucht, vom angrenzenden Obstgarten aus einen Blick durch das Fenster zu werfen, aber ich konnte nur noch sehen, wie ihre anmutige Gestalt am Fenster erschien, und während sie mit der Linken ihren Haarknoten öffnete, zog sie mit der Rechten die Vorhänge zu.«

Dr. Harprecht blickte auf die Uhr, und Schweiger fuchtelte sofort aufgeregt mit den Händen. »Ich beeile mich, ich beeile mich! Am nächsten Tag habe ich mich also gleich nach dem Frühstück wieder an ihre Fersen geheftet. Ich saß schon um Viertel vor sieben vor meinem Müsli, weil ich Sorge hatte, sie könnte ja womöglich eine Frühaufsteherin sein. Als sie dann um Viertel nach elf endlich erschien, kam mir der Orangensaft schon an den Ohren raus. Sie knabberte nur ein bisschen an einem Knäckebrot rum und trank ein Teechen und guckte immer wieder auf ihre Uhr. Und dann ging es auch gleich los. Sie fuhr in die Stadt.« Schweiger fuhr sich nervös mit der flachen Hand durchs Gesicht. »Schrecklich. Wenn ich nur daran denke. Einfach schrecklich. Ich meine, das ist so, als müsste ein Veganer ein Wochenende im Schlachthaus verbringen. Bayreuth ist voll von Wagner. Voll davon! Wo ich doch überall Pickel kriege, wenn ich Wagner nur höre! Wir fuhren in ein Parkhaus in der Innenstadt, und von dort aus ging es ins markgräfliche Opernhaus. Das war ja noch gar nicht schlimm. Alles schön barock und prunkvoll. Das hat mich auch interessiert. Aber dann ging sie mit ihren bleistiftdünnen Stöckelabsätzen um die Ecke in die Richard-Wagner-Straße! Mir brannte regelrecht der Asphalt unter den Füßen! Und dann trippelte sie weiter und weiter und schließlich hielt sie inne und tat etwas, was mich beinahe umgebracht hätte. Sie bog rechter Hand in Richtung Hofgarten ab und betrat dann diesen alten Kasten! Das Haus Richard Wagners! Haus Wahnfried! Wahnsinn! Ich im Haus meines Peinigers! Und während der ganzen Zeit, während des ganzen elenden Rundgangs durch dieses Gebäude, guckte sie in einem fort auf ihre zierliche Armbanduhr, drehte und wendete den Kopf, so, als suche sie jemanden, und ich musste mich jedes Mal in Nischen drücken, in denen ich allein war mit Richard Wagner, musste mich rasch über Vitrinen beugen, in denen die grässlichen Partituren dieses grässlichen Mannes mit dem grässlichen Backenbart auslagen. Es schnürte mir die Luft ab! Beim Steinway-Flügel wäre ich beinahe kollabiert!

Dann ging sie irgendwann wieder raus. Und sah sich um und guckte auf die Uhr und seufzte und so weiter.

Zum Mittag ging sie ins *Weihenstephan*. An meinem Nebentisch hechelte ein fetter Neufundländer vor sich hin. Wussten Sie, dass Neufundländer Wagners Lieblingshunde waren? Wussten Sie nicht, was? Ich habe keinen Bissen runtergekriegt. Drei Schnäpse habe ich getrunken. Und Madame Lenoir saß da und guckte und wartete und guckte und wartete. Auf ihren Liebhaber, keine Frage! Nun ja, irgendwann musste er ja mal auftauchen. Sie saß etwa eine Stunde da und trank noch ein paar Kaffee, und dann zog es sie zurück zum Hotel.

Dort verbrachte sie den Rest des Nachmittags auf ihrem Zimmer. Sie wirkte ... na, wie soll ich das ausdrücken ...

bedrückt, enttäuscht, irgendwie so was. Hier bei uns sagt man: Wie bestellt und nicht abgeholt. Ja, genau: Wie bestellt und nicht abgeholt. So sah sie aus. Ein bisschen was von Audrey Hepburn, wenn Sie mich fragen.«

Er blickte Dr. Harpecht an, aber Dr. Harprecht fragte ihn nichts.

»Am Abend dann wurde es knifflig. Als sie da aus ihrem Zimmer kam, da sah sie einfach umwerfend aus. Ein langes, schwarzes, eng anliegendes Kleid, lange Handschuhe, ein Pelzjäckchen, die langen, braunen Haare hochgesteckt. Umwerfend. Einfach umwerfend! Dann hatte ich allerdings Mühe, mich an ihr Taxi dranzuhängen, das sie in die Stadt brachte. Auf der anderen Seite vom Main. Zur Burg. Und dann beobachtete ich sie, wie sie die Treppenstufen hinaufging, ganz Dame. Und ganz allein. Und fortwährend ließ sie den Kopf herumgehen und guckte und guckte. Als sie im Festspielhaus verschwunden war, habe ich versucht, einen Parkplatz zu finden. Ich musste warten. Mit einer Eintrittskarte für den *Ring* hatte mich Herr Frahm nicht ausgestattet. Gott sei Dank, kann ich da nur sagen! Ich bin kreuz und quer gefahren. Ohne Erfolg natürlich. Rheingoldstraße, Parsifalstraße, Richard-Wagner-Park, Tristanstraße, Isoldenstraße, Holländerstraße, Rienzistraße, Wotanstraße, Tannhäuserstraße, oh Mann, am liebsten wäre ich gleich weiter ins Bezirkskrankenhaus gefahren!

Schließlich habe ich mich einfach mit dem Auto an einer Stelle postiert, von der ich das Hauptportal des Festspielhauses sehen konnte. Eine Wagneroper kann ja sooo lang sein. Aber ich bin nicht eingeschlafen. Damals war ich noch ein Profi. Hinterher kam dann mit einem Mal eine gewaltige Schwemme von Menschen ins Freie geschwappt. Die meisten sahen irgendwie erleichtert aus, wenn Sie mich fragen. Und ich habe sie inmitten all dieser Menschen entdeckt!«

Schweiger warf sich in die Brust. Er guckte zu dem Rechtsanwalt hinüber, um sich zu vergewissern, dass dieser ihm auch den gebührenden Respekt zollte. »Donnerwetter«, murmelte Dr. Harprecht pflichtschuldig. Schweiger rieb sich die Nase, holte tief Luft und fuhr fort.

»Wieder hängte ich mich an ihr Taxi dran. Es ging zurück ins Hotel. Sie fragte an der Rezeption nach, ob jemand für sie angerufen oder eine Nachricht für sie hinterlassen habe. Habe ich heimlich mitgehört. Als das verneint wurde, seufzte sie noch einmal abgrundtief und steuerte ohne weitere Umwege ihr Zimmer an. Der Kerl von der Rezeption fragte mich doch tatsächlich, ob ich den *Ring* genossen habe! Ich hätte ihm am liebsten die Zähne eingeschlagen.

Ich stand vor dem Kronenzimmer, in dem sich jetzt gewiss meine geheimnisvolle Zielperson die Augen ausweinte, weil ich sie versetzt hatte! Zögernd trat ich näher heran, ging bis ganz dicht vor die Tür, legte beide Hände vorsichtig gegen das Holz und legte den Kopf zur Seite. Ich presste mein Ohr gegen die Tür und horchte.«

Schweiger guckte zu Dr. Harprecht, wie um sich zu vergewissern, ob dieser auch, wie gewünscht, vor Spannung begonnen hatte zu zittern. »Und plötzlich wurde die Tür aufgerissen, und ich wurde nach innen gezerrt, hinein in die Finsternis. Es war alles schwarz um mich herum. Ich roch ihr Parfüm. Jetzt erkannte ich erst, dass es Katja Lenoirs zarte Hände waren, die mich am Kragen gepackt hatten, mich zum Bett stießen und die mir das Hemd aufrissen. Ihre Hände in den Seidenhandschuhen, die mir über die nackte Brust fuhren, die sich an meinem Gürtel zu schaffen machten, die Schnalle öffneten, ihn aus den Schlaufen rissen und mir die Hose herunterzerrten. Dann hörte ich ihre keuchende Stimme, die sagte: ›Da bist du endlich. So lange habe ich auf dich gewartet! All diese Stunden, diese Tage. Wo warst du bloß, was tust du mir nur an?‹ Mein lieber Dr. Harprecht, ich frage Sie, was hätte ich denn tun sollen?«

Dr. Harprecht zuckte mit den Schultern. »Was haben Sie denn getan?«

»Nun, zunächst mal gar nichts. Ich spürte, wie ihre Haare über meinen halb nackten Körper strichen und wie ihr Atem in mein Ohr säuselte. Das alles ist zehn Jahre her, und ich habe es bis heute nicht vergessen. Und dann zuckte plötzlich ein Blitz durch die Dunkelheit.«

»Ein Blitz?«

»Ja, ein Blitz. Vom Fenster her. Es blitzte. Ganz grell. Zweimal, dreimal. Sie schrie auf und stolperte zum Fenster und riss den Vorhang, der nicht ganz geschlossen gewesen war, vollends auf. Und dann hörten wir draußen etwas scheppern. Eine Metallleiter. Sie schrie: ›Das ist er wieder. Dieses Schwein! Jetzt ist alles aus! Er hat uns fotografiert!‹ und schaltete das Licht an.«

Er schwieg plötzlich. »Und dann?«, fragte Dr. Harprecht nach einer Weile. »Wie geht es weiter?«

»Dann hat sie gesehen, dass sie auf ihrem Bett gerade einen wildfremden Mann ausgezogen hatte.«

Schweiger setzte sich aufrecht und rückte den Stuhl gerade. »Wir nähern uns dem Ende der Geschichte. Es ist ein furioses Ende, ungefähr wie in einer Wagneroper. Frau Lenoir hat sich sehr schnell gefasst. Eine bewundernswerte Frau, so schien es mir damals. Wir hatten jetzt ein gemeinsames Problem, das gelöst werden musste. Sie kannte den Namen des Journalisten, der immer wieder, wenn sie in Bayreuth war, versuchte, hinter das Geheimnis ihrer verborgenen Liebschaft zu kommen. Benno Drewniak. Sie kannte sogar seine Adresse. Er wohnte in der Königsbergstraße. Sie überredete mich, zu ihm zu fahren. Und als sie mich mit ihren Rehaugen anguckte, da dachte ich wieder an Audrey Hepburn, und ich dachte auch wieder an diesen Film, in dem sie ... nun ja, ich konnte ihr das einfach nicht abschlagen. Also knöpfte ich mir das Hemd wieder zu und versprach ihr, gleich am nächsten Tag zu diesem Kerl zu fahren.

Am nächsten Tag stand ich wieder früh auf. Und sie war auch schon wach. Sie guckte mich vom anderen Ende des Saales erwartungsvoll an, und ich deutete ein Nicken an. Dann aß ich mein Müsli und fuhr los. Diesmal fand ich einen Parkplatz ganz in der Nähe der Wohnung. Drewniak wohnte im zweiten Stock. Ich klingelte an seiner Wohnungstür, und dann merkte ich erst, dass sie offenstand. Und als ich eintrat, da merkte ich gleich, dass hier was nicht stimmte. Gegenstände lagen über den Boden verstreut, Bilder von den Wänden gerissen. In einem Zimmer rechts von der Eingangstür fand ich Drewniak, der am Boden lag. Um ihn herum lagen Negativstreifen und Filmrollen, und ich wusste gleich, dass der Film von gestern Abend nicht darunter sein würde. Ich tastete nach Drewniaks Puls, der nicht mehr da war. Der Körper war noch warm. Es musste gerade erst passiert sein. Erst als ich den Gürtel um seinen Hals sah, bemerkte ich, dass ich meinen eigenen in Katja Lenoirs Zimmer hatte liegenlassen. Ihre Fingerabdrücke würden nicht drauf sein, sie hatte Handschuhe getragen.

Es dauerte nur ein paar Sekunden, bis sie hinter mir in die Wohnung stürmten.«

Schweiger klatschte in die Hände. »Das war's. Danach bin ich für zehn Jahre in den Bau gewandert. Vor drei Tagen bin ich wieder rausgekommen.«

Hinter seinem Schreibtisch rutschte Dr. Harprecht auf seinem Ledersessel hin und her. »Und Frau Lenoir?«

»Hat alles abgestritten. Kannte mich nicht, war nie mit mir zusammen in ihrem Zimmer. Das Einzige, was sie angab, war, dass ich ihr aufgefallen war, weil ich sie verfolgt hatte. Ihr Anwalt war ein redegewandter Mann, der alles so drehte, dass ich am Ende als Triebtäter dastand.«

»Welches Motiv sollten Sie für Ihre Tat gehabt haben?«

»Das interessierte niemanden so richtig. Man hatte sich dann irgendwann zusammengereimt, dass ich den Mann aus Eifersucht töten wollte. Man fand hunderte von Fotos bei ihm, die Katja Lenoir zeigten. Auf keinem war ihr Liebhaber zu sehen.«

»Ihr Liebhaber?«

»Na ja, schätze, er wird sie aussortiert haben, nachdem er Drewniak getötet und bevor er die Polizei angerufen hatte. Er muss es getan haben, denn Katja Lenoir saß ja noch im Hotel, während ich zu Drewniak fuhr.«

»Was war mit Ihrem Auftraggeber?«

»Wen meinen Sie?«

»Frahm.«

»Nee, nicht Frahm. Der nicht. Das war derselbe Mann, der Drewniak tötete. Derselbe Mann, den Katja Lenoir anrief, als die Polizei ihr riet, einen Anwalt hinzuzuziehen. Ich habe ihn in einem Fernsehbeitrag über die bedauernswerte verfolgte Schauspielerin, deren Belästiger sich gegenseitig umbringen, gesehen und gleich seine Stimme wiedererkannt. Ein gewisser Dr. Harprecht aus Köln. Ich glaube nicht, dass die beiden heute noch ein Paar sind. Frahm ist ja inzwischen gestorben, wie ich gehört habe, und sie ist wieder neu verheiratet und reist viel am Mittelmeer herum. Nun ja, irgendwo werde ich sie schon finden, was?«

Dr. Harprecht runzelte die Stirn. »Eine schöne Geschichte. Wirklich schön. Das ist natürlich schon ein paar Jahre her. Warum kommen Sie damit jetzt zu mir? Was kann ich denn in dieser Sache für Sie tun?«

Schweiger erhob sich und bewegte den Oberkörper wieder hin und her wie ein Aal. »Nun ja, ich will es kurz machen. Ich habe Ihre Aufmerksamkeit ja wirklich schon lange genug beansprucht. Wissen Sie, im Gefängnis habe ich ja viel, viel Zeit gehabt. Da gibt es Gefängnispsychologen und lauter nette Leute, die einem helfen. Und da habe ich begonnen, hart an mir zu arbeiten. Ich habe ganz klein angefangen und leise gesummt. Wagner-Ouvertüren vor dem Einschlafen. Später habe ich dann die Texte gelesen, und schließlich habe ich sogar angefangen zu singen. Es ging ganz leicht. Tat gar nicht mehr weh. Irgendwann ließ dann auch dieses elende Kribbeln auf der Kopfhaut nach.«

Und dann öffnete er seine Gürtelschnalle und zog langsam den Gürtel aus den Schlaufen.

Er stellte sich vor dem Schreibtisch in Positur, spreizte die Beine, pumpte Luft in seine Lungen und schmetterte:

»Errätst du auch dieser Raben Geraun'?

Rache rieten sie mir!«

Dr. Harprecht blickte ihn unsicher an und rückte sich die Brille zurecht.

»Das singt Hagen. Sie kennen das, oder? Hagen ... Siegfried ... Rache ...«

Freddie Fuchs bumst Elvira Ente

»Das richtige Leben«, hauchte Viola und konnte die Augen nicht von den Tätowierungen abwenden. In mulmigen Lilatönen schnörkelten sich Flammen über das Gesicht und die Glatze des Mannes auf dem Foto im Schaufenster. »Oh, mein Gott. So ist vielleicht das richtige Leben.« Die Männer waren überall tätowiert. Auf dem Bauch, auf den Hinterbacken und auch ...

Männer waren ja so anders, als Viola das ihr Leben lang gedacht hatte. In Wirklichkeit jagten sie Singvögel, erschlugen Robbenbabys und ließen sich den ... Dings ... tätowieren, und manche von ihnen betrogen eben ihre treue, arglose Ehefrau über Jahre hinweg mit ihrer besten Freundin.

Ihr Blick fiel auf ein Display mit Piercings. Kaum zu glauben. Eine Frauenbrust! Eine offensichtlich erregte Brustwarze, durch die man von rechts nach links ein Stück Metall gebohrt hatte, an dessen beiden Enden ein fein ziseliertes Gehänge herabbaumelte.

Auch Frauen waren offenbar anders, als Viola sich das all die langen Jahre gedacht hatte. Sie waren diejenigen, die die Singvögel aßen, die Robbenpelze auf dem Leib trugen und die eben manchmal bereitwillig den Ehemann ihrer besten Freundin mit ins Bett nahmen.

»Das richtige Leben«, hauchte Viola wieder und griff geistesabwesend nach dem Koffer. Es wurde Zeit, all das kennenzulernen. Viel zu lange hatte sie sich schon in ihrem beschaulichen Idyll auf dem Land eingegraben, hatte dem Leben, dem »wirklichen Leben« Gelegenheit gegeben, an ihr vorbeizuziehen.

Das war jetzt vorbei!

Die Stadt!

Der Hafen!

Sie würde sich ein Hotelzimmer nehmen. Ganz verrückt, ganz spontan, ganz heimlich. Und, wer wusste es schon, vielleicht würde sie morgen schon einfach ein Schiff besteigen. Oder einen ganz anderen Zug als den, der sie hierhergebracht hatte. Und dann wäre sie weg. Ganz einfach so. Würde alle ein wenig nach ihr suchen lassen.

Er ... sie ... Mutter ... Würde sie ihren Schuldgefühlen überlassen und ihren Sorgen. Den Gedanken, dass sich möglicherweise überhaupt niemand Sorgen um sie machen würde, sie womöglich niemand vermissen würde, schob sie rasch beiseite.

Als sie die Stufen zum Hotel Terminus hinaufstieg, und als ihr Blick über die unansehnliche Fassade strich, ihr Koffer gegen ihre Knie schlug und die Umhängetasche um ihren Leib baumelte, da überfiel sie ein verwegenes Gefühl von Abenteuerlust. Wer wusste schon, wie lange das anhalten würde? Das Geld, das sie in aller Eile von ihrem gemeinsamen Konto abgehoben hatte, würde eine Weile reichen, aber wie stand es um ihren Mut?

Beim Einchecken glaubte sie, die Blicke des Portiers auf ihrem ganzen Körper zu spüren. Zumindest auf dem Teil, der oberhalb des Rezeptionstresens für ihn sichtbar war. Der, der in dem schlabberigen, grauen Strickpullover steckte. Sie musste sich unbedingt neue Kleidung zulegen. Etwas Modisches, Einladendes. Natürlich war der Mann nicht ihr Typ, aber Viola war in diesem Moment der Meinung, dass solche Gedankenspielchen einfach dazugehörten zum

»richtigen Leben«. Er war groß, hatte mächtige Geheimratsecken und ein tiefes Grübchen im glatt rasierten Kinn. Er mochte Mitte vierzig sein, stieß leicht mit der Zunge an und war sicher nicht der Typ, der irgendwo tätowiert war.

Was sollte sie nur schreiben? Ihren Namen? Ihren richtigen Namen? Sie schrieb Viola Meiderich hin. Ihren Mädchennamen. Das würde sie jetzt für die Zukunft so beibehalten.

Beruf? Wenn sie jetzt »Kinderbuchautorin« schrieb, könnte sie den Herrn mit dem Grübchen gleich vergessen. Nein, nein. Ab jetzt musste das anders laufen. »Autorin« klang interessant und war nicht mal gelogen.

Für einen Moment war sie versucht, mit ein paar Kulistrichen den kleinen Fuchs neben ihr Autogramm zu kritzeln, so, wie sie das seit fünfzehn Jahren tat, wenn sie Bücher signierte. Freddie, den kleinen putzigen Fuchs. »Bei Ihrem Anruf heute Morgen hatten Sie um ein Zimmer mit Hafenblick gebeten«, lispelte der Mann und fuhr mit dünnem Finger über ihre Eintragungen. »Bedauerlicherweise ist uns ein Fehler unterlaufen. Wir haben nur noch etwas nach hinten raus. Ist das ein Problem, Frau ... Meiderich?«

Sie schüttelte rasch den Kopf und schenkte ihm ein nervöses Lächeln. »Ist ja nur für eine Nacht. Wahrscheinlich reise ich morgen schon weiter. Vielen Dank.«

Und als sie in Richtung Aufzug davonging, hoffte sie inständig, er möge auch ihrem Hintern die nötige Aufmerksamkeit schenken. Ihrem Hintern, der in einem blassgrünen Faltenrock steckte. Aber sie verspürte nichts dergleichen.

Im Aufzug betrachtete sie sich im rückwärtig angebrachten Spiegel und warf sich einen sorgenvollen Blick zu. Wie hatte sie nur all die Jahre so herumlaufen können? Kein Wunder, dass all das passiert war. Kein Wunder, dass Alfred ... fast schon logisch, dass Elvira ...

Sie kramte in den Tiefen ihrer Umhängetasche und fingerte einen Lippenstift hervor. Dann rahmte sie ihr Gesicht im Spiegel mit einem großen blassrosa Herz ein. Sie musste anfangen, sich wieder zu mögen, wenn sie nicht daran verzweifeln wollte.

Das Zimmer war öde und steril. Nur die Brandflecken auf dem Teppich zeugten davon, dass hier ab und zu Menschen lebten. Hatte sie nicht ein Nichtraucherzimmer verlangt? Egal.

Ganz mechanisch sortierte sie die Pullover in den Schrank und ihre Röcke, wollte gerade Slips und Unterhemden stapeln, als ihr in den Sinn kam, dass es ja nur eine einzige Nacht war, die sie hier zu verbringen gedachte. Und dann schoss es ihr durch den Kopf, dass sie den ganzen Ramsch vielleicht sowieso besser dem Hotelmülleimer überantworten würde. Ihr letztes Kinderbuch fiel ihr in die Hände, und sie warf es auf das Bett. Der Titel kam ihr vor wie der blanke Hohn: *Alle lieben Freddie Fuchs.*

Sie versteckte die Geldbündel in ihren Wollstrümpfen und blickte aus dem Fenster. Irgendwo da draußen lachte die Sonne, aber alles, was sie zu sehen bekam, als sie einen Fensterflügel öffnete, war der bröckelige Putz des Gebäudes, das an den badetuchgroßen Hinterhof angrenzte. Sie seufzte.

Auch im Bad fand sie nichts, was sie überraschte.

Hotel Terminus stand auf den Handtüchern, und sie dachte an das große Badetuch, das sie vor fünfzehn Jahren von der Hochzeitsreise im *Old Cataract Hotel* in Assuan geklaut hatten. Das zur Spitze gefaltete erste Blatt des Toilettenpapiers brachte sie zum Schmunzeln. Und als sie die Badewanne sah, beschloss sie, ein Bad zu nehmen. Sie quetschte die Badelotion aus dem kleinen Portionstütchen in den Wasserstrahl und betrachtete versonnen, wie ein Schaumberg heranwuchs.

Während das Wasser lief, streifte sie die Kleider ab und zog sich ihren Bademantel über.

Der Fernseher bot eine Überraschung. Es gab einen Erotik-Kanal. Ein Wort, das ihr Interesse erregte. Was verbarg sich dahinter? Als sie einschaltete, platzte sie mitten in eine Szene, die von wildem Gestöhne und ekstatischen Kreischen untermalt wurde. Ein Mann und zwei Frauen ... oder waren das doch drei? Nein, wahrscheinlich eher doch nur zwei, obwohl, das sah so aus, als ob ...

Halbwegs interessiert holte sie eine Flasche Orangensaft aus der Minibar und ließ sich in dem Sessel mit dem verblassten Muster nieder. Sie beschloss, ein wenig zuzusehen, bis das Badewasser so weit war. Womöglich würde das die Gedanken verdrängen, die sie seit Tagen nicht schlafen ließen. Ihr Mann und ihre beste Freundin. Oder besser gesagt, es würde unter Umständen ihre Gedanken auf genau das konzentrieren, was es im Grunde genommen nur war: Reiner Sex, Akrobatik, Schweiß und erhebliche Anstrengung.

Freddie, der Fuchs und Elvira, die Ente. Sie musste kichern. Zwei geliebte Menschen, die sogar Einzug in ihre Kinderbücher gehalten hatten. Freddie, der kluge, kleine Fuchs, der stets einen Ausweg aus jeder brenzligen Situation wusste, und Elvira, die Ente mit den Stöckelschuhen, die Chic und Eleganz verkörperte.

Zusammen mit Theo Termite, Harald Holzwurm, Susanne Sägefisch und Melanie Maulwurf bildeten sie seit fünfzehn Jahren eine heitere Wohngemeinschaft in einem alten Baum im Freddie-Fuchs-Forst und erlebten miteinander die tollsten Abenteuer.

Wer hatte schon ahnen können, dass Freddie Fuchs und Elvira Ente es schon seit geraumer Zeit miteinander trieben, sodass der Baum wackelte? Womöglich legten sie ja sogar ab und zu noch einen flotten Dreier mit Melanie Maulwurf hin oder nahmen sogar noch jemand anderes aus dem Freddie-Fuchs-Forst mit dazu. Norbert Nashorn? Rita Raupe?

Sie neigte den Kopf ein wenig, um besser erkennen zu können, was da gerade auf dem Bildschirm vor sich ging. Da klopfte es.

Viola schreckte auf und wollte nach der Fernbedienung greifen, als die Tür schon aufgestoßen wurde.

Mutter.

»Was denkst du dir? Wo willst du denn hin? Hast du überhaupt eine Ahnung, was du mir damit antust? Kannst du dir vorstellen, wie es dem armen Fred geht? Ja, hast du denn gar keinen Funken Verantwortungsgefühl, Kind?«

Die kleine, untersetzte Frau mit der gusseisernen, silberfarbenen Haartolle rauschte herein und entledigte sich in derselben Bewegung ihres Mantels. Viola sprang auf und wollte antworten. Worauf zuerst, war unwichtig. Es hieß nur rasch zu Wort zu kommen, bevor Mutter in Fahrt war, sonst ...

»Was sollen eure Nachbarn denken? Hast du daran auch mal gedacht? Hast du überhaupt irgendwas dabei gedacht? Hast du Fred überhaupt die Gelegenheit gegeben, sich zu rechtfertigen? Denkst du denn überhaupt nicht daran, dass Elvira deine beste Freundin ist? Dass ihr schon zusammen in der Schule wart? Hast du schon vergessen, dass sie eure Trauzeugin war? Was willst du denn den Leuten vom Verlag erzählen? All den Eltern, die ihren Kindern deine Bücher kaufen?«

Viola beobachtete, wie der nicht enden wollende Schwall von Worten aus dem Mund ihrer Mutter quoll, wie sich Silbe an Silbe reihte und gar nicht mehr aufhören wollte. An dieser Stelle schaltete sie ab, betrachtete nur noch ihre Mutter, deren Lippen bläulich anliefen, sodass man jeden Augenblick damit rechnen konnte, dass wieder einmal ein prächtiger Infarkt ins Haus stand.

Ihre Mutter verstummte erst, als ihr Blick auf den Fernseher fiel, wo sich unterdessen zwei oder drei weitere Menschen dazugesellt hatten und sich ungeniert an den textilfreien Übungen beteiligten.

Ihre letzte Frage blieb zur Hälfte in der Luft hängen, und sie sank auf den Sessel, wobei sie ihre kleine Handtasche fest umklammert hielt.

»Tja, Mutter«, murmelte Viola und öffnete erneut die Minibar. »Erinnert mich irgendwie an Freddie und Elvira. Es ist schön, etwas von den beiden Liebsten hier bei mir zu haben. Wie hast du mich gefunden?«

Sie schraubte ein Fläschchen Dujardin auf.

»Die Wahlwiederholung am Telefon«, murmelte ihre Mutter. »Freddie ist auch auf dem Weg hierhin. Dein Mann hat extra einen Termin platzen lassen.« Es klang regelrecht vorwurfsvoll.

»Ich bin sehr gerührt.« Viola trank das Fläschchen in einem Zug aus und hustete. Es tat ihr gut, ihrer Mutter beim Schweigen zuzusehen. So war sie sonst nie. Das war das »wirkliche Leben«.

Es klopfte erneut. Zaghaft, zögerlich.

Das hatte nicht lange gedauert. »Es ist offen, mein Schatz.«

Im Türrahmen erschien eine schlanke, leicht gekrümmte Gestalt. Das einstmals prachtvoll toupierte blonde Haar hing strähnig und wirr, die Wimperntusche war unglaublich verschmiert und ließ Elviras ganzes Gesicht aussehen wie der Kleckstest eines Psychiaters. Ihr Mund war in unaufhörlicher Bewegung, so, als brabbele sie pausenlos etwas vor sich hin. Aber es war kein Laut zu hören. Ihre Hände zupften nervös an einem apricotfarbenen Seidenschal herum, den sie um ihren Hals geschlungen hatte, und mit staksigen Schritten kam sie wie ferngesteuert auf Viola zu. Wie ungehobelt man selbst mit den schönsten und längsten Beinen der Welt durch die Gegend eiern konnte, wenn man nur in der richtigen Verfassung war. Fast hätte Viola gegrinst.

Vor Viola ging sie in die Knie. Diese wich ihr aus und schloss sorgsam die Tür des Hotelzimmers. »Du kannst jetzt sprechen«, sagte sie mit dem Anflug eines Lächelns.

»Ich weiß gar nicht, wie ich anfangen ...« Dann japste sie wieder nach Luft und ruderte stumm mit den Armen.

»Dann sei lieber still.«

»Ja willst du ihr denn gar keine Chance geben?«, schaltete sich Mutter ein. »Soll sie da knien bleiben? Hast du kein Herz? Siehst du denn nicht, dass es ihr leid tut?«

»Es tut ... es tut ...« Elvira brachte keinen halbwegs passablen Satz zusammen.

»Das Badewasser«, murmelte Viola und ließ die völlig aufgelöste Elvira mitten im Raum knien. Während sie den Wasserhahn zudrehte, fiel ihr Blick in den Spiegel, und sie musste lächeln. Es gefiel ihr, was sie sah.

Im Hotelzimmer kämpfte Elvira immer noch mit den Worten. »Mir fehlen die ... Viola, Liebes, ich weiß gar nicht ...«

Die Szenerie war um einen weiteren Darsteller ergänzt worden.

Freddie hatte die Hände in die Seiten gestemmt und malmte mit den Wangenknochen. »Komm nach Hause!«, sagte er mühsam beherrscht. »Es gibt kein Problem, das wir nicht mit einem vernünftigen Gespräch unter Erwachsenen aus der Welt schaffen können.« Er faltete die Hände etwa in der Art, in der er es vor laufenden Kameras auch immer zu tun pflegte.

»Hab ich es dir nicht gesagt?«, ihre Mutter warf die Arme in die Höhe. »Kannst du denn nicht ein einziges Mal einlenken? Musst du denn immer so stur sein?«

»Ich ... ich ...« Elvira robbte auf den Knien auf sie zu.

Freddie hatte beschlossen, die Dinge in die Hand zu nehmen. Das war er gewohnt. Die Welt pflegte nach seiner Pfeife zu tanzen. Er ging zum Schrank und begann, Violas Pullover wieder in ihrer Tasche zu verstauen. »Wir müssen in die Zukunft blicken, mein Schatz«, sagte er. Die Melodie seiner Worte klang einstudiert. »Wenn wir uns jetzt alle besinnen und an das denken, was uns wichtig ist, dann werden wir ...«

Viola riss ihm die Tasche aus der Hand und fauchte: »Das ist keine Wahlkampfveranstaltung!«

Sie warf die Tasche mit Wucht in die Zimmerecke und verschloss den Schrank wieder. »Und jetzt verzieh dich ganz schnell in deinen Wahlkreis. Ihr geht jetzt alle. Alle drei! Ihr lasst mich auf der Stelle alleine und fahrt nach Hause! Ich nehme ein Bad!«

»Ich bin hier nicht als Bürgermeister, sondern als dein Mann. Und als genau der befehle ich dir jetzt: Komm mit nach Hause!«

»Was soll ich denn nur ... begreif doch ... ich wollte nicht ...«

»Was wird nur in den Zeitungen stehen? Wann wirst du endlich erwachsen werden, Kind? Weißt du noch, was ich früher immer gesagt habe? Wie soll ich dir nur beibringen, dass sich nicht alles immer nur um dich dreht?«

Viola betrachtete nachdenklich die drei komischen Gestalten, die ihr Hotelzimmer okkupiert hatten. Ihre Mutter, ihr Mann, ihre beste Freundin. Drei wild gestikulierende Figuren, die ihr ihr ganzes Leben versaut hatten. Ihr altes Leben. Aber das war ja nun jetzt vorbei. Und in ihrem »richtigen Leben«, das spürte sie ganz deutlich, würden diese drei Folterknechte keinen Platz mehr haben. Die drei mussten eigentlich langsam verschwinden.

Womöglich half es, wenn sie jetzt einfach so tat, als sei sie allein. Vielleicht gingen sie irgendwann, wenn sie erst einmal begriffen hatten, dass sie gar keine Notiz mehr von ihnen nahm.

Sie ließ sich also in einen Sessel gleiten, nicht ohne sich vorher ein neues Fläschchen Weinbrand zu besorgen, und fuhr mit der Fernbedienung die Lautstärke des Fernsehers hoch. Das Gestöhne wurde ohrenbetäubend.

Das, was nun um sie herum geschah, drang nur noch wie durch einen Schleier zu ihr. Sie zwang sich, dem Geschehen keine Beachtung zu schenken, und dennoch hörte sie halbwegs mit.

»Fantastisch!«, rief Freddie und strich sich das Haar aus der Stirn. »Das hat mir noch gefehlt! Ich fahre durch die Weltgeschichte meiner Frau hinterher, verpasse wichtige Termine, und was tut sie? Hockt in einem billigen Hotel und zieht sich Pornos rein! Kinderbuchautorin! Schönes Beispiel für die Kinderwelt! Ha!« Er rupfte die Seiten aus dem Buch, das auf dem Bett gelegen hatte und zerriss sie in viele kleine Schnipsel, die er aus dem geöffneten Fenster schleuderte. Sie wirbelten durch die Luft und tanzten langsam in den Innenhof hinunter.

»Wenn du mich fragst, Freddie ... Ich kann sie ja irgendwie verstehen, aber ...« Elvira rappelte sich auf und rieb sich die rot gescheuerten Knie. »Wenn man doch nur alles ... Warum musste das nur ...?«

»Hör dein Geheule auf! Schau dir lieber an, was du angerichtet hast!«

Elvira riss die Augen weit auf und brachte nun zur Abwechslung mal wieder überhaupt keinen Ton heraus. Schwarze Tränen rannen über ihre blassen Wangen. Sie sah aus wie ein vergessener Stummfilmstar kurz vor dem Wahnsinn.

»Ja, da guckt sie, die gute Seele.« Er grunzte verächtlich. »Das hast du nicht gewollt, nicht wahr? Nur der besten Freundin ein bisschen den Mann ausspannen, was? Ein bisschen rumvögeln mit dem Bürgermeister. Ein bisschen Urlaub mit ihm auf den Malediven, während seine Frau denkt, er sei ...« Freddie verstummte und biss sich auf die Lippen.

Da begann Elvira zu schreien. Sie warf den Kopf in den Nacken und schrie, ballte ihre Fäuste, dass die Knöchel weiß hervortraten.

»Wirst du jetzt endlich den Mund halten? Du hast genug Unheil angerichtet, hörst du?«

Viola bemerkte aus den Augenwinkeln, dass es ihrer Mutter die Sprache verschlagen hatte. Stumm saß sie mit halb geöffnetem Mund in ihrem Sessel und verfolgte die Szene mit weit aufgerissenen Augen.

Und Elvira schrie weiter. Sie warf den Kopf hin und her, so dass ihr die langen, strähnigen Haare um den Kopf peitschten.

»Willst du das ganze verdammte Hotel zusammenkreischen? Soll das die ganze Welt hören?«, rief Freddie und packte sie grob an der Schulter, aber sie schüttelte ihn ab und rannte zum Fenster. Mit einem raschen Griff hatte sie auch den zweiten Flügel aufgerissen und beugte sich hinaus. Sie holte tief Luft und begann erneut zu schreien.

Mit weit ausholenden Schritten war Freddie bei ihr und hielt ihr die Hand vor den Mund. Ihr Kreischen erstarb; und im nächsten Moment hatte sie ihm in die Hand gebissen und schrie erneut aus Leibeskräften. Sie trat um sich, hackte mit ihren Pfennigabsätzen in seine Schienbeine, versetzte ihm Ohrfeigen, und er schaffte es kaum, ihrer Herr zu werden. Plötzlich hatte er ihren Schal erwischt und zog zu.

Die alte Frau im Sessel starrte entsetzt zu ihrem Schwiegersohn hinüber, der vor dem Hotelzimmerfenster den Schal um die Kehle der besten Freundin ihrer einzigen

Tochter zurrte und nicht lockerließ, bis das Schreien verstummte und in ein Röcheln überging, das dann wiederum auch irgendwann aufhörte.

Viola staunte darüber, dass sie all das völlig kaltließ. Sie hatte Elviras fuchtelnde Arme gesehen, die sich im Glasrahmen des billigen Kunstdrucks an der Wand über dem Fernseher spiegelten, und wenn sie den Kopf ein wenig senkte, war schemenhaft Freddies schweißnasses Gesicht auf dem Bildschirm zu sehen.

Elvira war zu Freddies Füßen zusammengesackt. Die beiden Enden ihres seidenen Schals lagen oberhalb ihrer Schultern auf dem fleckigen Teppichboden ausgebreitet wie zwei Engelsflügel. Freddie wich langsam zurück.

Was hatte er getan?

Er betrachtete seine zitternden Hände. An der Seite der rechten quoll langsam aus der Bisswunde Blut hervor und rann an seinem Handknöchel hinunter. Er blickte in den starren Blick seiner Schwiegermutter und registrierte, dass seine Frau immer noch teilnahmslos auf den Fernseher stierte.

Das Blut. Er musste es abwaschen. Sie würden ihm das beweisen, wenn er es nicht abwusch. Als er ins Badezimmer stolperte, wurde ihm klar, dass sie es ihm auch ohne das Blut beweisen würden. Dann sah er den Föhn, der neben dem Badezimmerspiegel an einem Haken baumelte. Und dann sah er die einladend dampfende Badewanne.

Mit einem letzten monumentalen gemeinschaftlichen Orgasmus hatte sich das Ensemble des Spielfilms verabschiedet, und zu rhythmischer Synthesizermusik rollte der Abspann über den Bildschirm. Die Namen klangen exotisch. »Alley Always ... Holly Horny...« Fast klang das alles ein bisschen wie »Margot Marder oder Lutz Leguan«. Sie las gerade »Claude Charmier«, als der Bildschirm plötzlich mit einem Knistern schwarz wurde. Das leise Brummen des Kühlschränkchens verstummte. Die Anzeige des Radioweckers erlosch, und auch das Rauschen der Badezimmerlüftung war plötzlich nicht mehr zu hören.

Viola trank den Rest ihres Weinbrands und stand auf.

Es war so still geworden. Fast beiläufig tippte sie mit der Fußspitze gegen die Schulter der leblosen Elvira. Sie warf einen halbwegs interessierten Blick ins Badezimmer und erkannte schemenhaft im Dunklen, wie Freddies Schuhspitzen über den Rand der Wanne hinausragten. Manche Dinge erledigten sich von selbst.

»Du bist so still, Mutter.«

Und tatsächlich hatte ihre Mutter seit fünf Minuten keinen Laut mehr von sich gegeben, was in ihrem zweiundsiebzigjährigen Dasein nur höchst selten vorgekommen war. Ihre Lippen waren blau verfärbt, und ihre Haut hatte in Minutenschnelle einen quittefarbenen Farbton angenommen, von dem sich die messerscharfe Linie ihrer gemalten Augenbrauen noch stärker abhob. Als Viola sie vorsichtig mit dem Finger an der Schulter berührte, kippte sie nach vorne und schepperte mit dem Kopf auf die gläserne Tischplatte.

Viola beschloss, ihre Sachen ganz einfach in dem Schrank zu lassen. Sie fand, dass es an der Zeit war, einkaufen zu gehen. Bei der Gelegenheit konnte sie auch gleich mal in Erfahrung bringen, wann der Portier mit dem Grübchen seine Schicht beendet hatte, und ob er nicht unter Umständen Lust hatte, ihr das »wirkliche Leben« zu zeigen.

Ob er vielleicht doch irgendwo tätowiert war?

Ein Kenner und vier völlig unterschiedliche Weine

Wein Nummer 1:
»Mineralisch, saftig, spritzig,
mit ein wenig Rauch und würzig,
mit viel Schmelz, ein wenig hitzig,
voller Körper, offen, knackig,
mit Tanninen, beerig, saftig,
elegant und auch leicht pflaumig.«

Wie den Kennermund er spitzt!
Wie er gurgelt, sprudelt, gluckert!

»Vielschichtig, mit schöner Frucht-Eiche-Verbindung.«

Wein Nummer 2:
»Langlebiges Säurespiel,
Leder, Holz und Ananas
Pfirsichnoten leicht zu viel,
Töne auch vom Eichenfass,
viel Extrakt und doch verspielt,
voller Power und viel Spaß!«

Wie er mit den Augen rollt!
Wie er zwitschert, zirpt und zwinkert!

»Herbale Töne, dicht gefolgt von reifen, trockenen, körnigen Tanninen.«

Wein Nummer 3:
»Rund und voller Harmonie
Bernsteinfarben nuanciert,
zugänglich auch das Bouquet,
fein und rund und balanciert,
voll Finesse und Fantasie,
fruchtbetont und strukturiert.«

Wie er kaut und schnaubt und schnüffelt!
Wie das Nasenloch er weitet!

»Weich und fleischig im Gaumen, jugendlich, seidige Tannine.«

Wein Nummer 4:
»Faules Obst und taube Nüsse,
modrig, sumpfig, säurearm,
leichte Zyankalisüße,
pelzig, klebrig, stumpf am Zahn,
fährt sofort bis in die Füße,
scharf im Rachen, stumpf im Darm.«

Wie er mit den Lidern flackert!
Wie er mit den Beinen wegknickt!

»Was für ein Abgang!«

Ottos Auge

Ottos Auge zuckte. Ottos Auge zuckte immer, wenn er panisch wurde.

»Er ist raus!«

Arnold kannte das. Ständig witterte Otto Katastrophen, pausenlos kam er mit angeblichen Hiobsbotschaften angelaufen. Er war ausgesprochen nervös und hatte Probleme mit der Pumpe. Seit ein paar Jahren hatte er jetzt so einen Schrittmacher. Kein Wunder.

Heute war Freitag, und freitags trank Arnold in Ruhe sein Bierchen in der *Krone*, und da konnte ihn auch Otto nicht aus der Ruhe bringen. Vier, fünf Bierchen, zwei, drei Obstler, und dann nach Hause.

Er wischte sich den Schaum aus dem eisgrauen Schnurrbart. »Wer ist raus, Otto?«

Otto stand schlotternd vor Aufregung neben ihm und legte die Hand auf Arnolds Arm, noch bevor dieser das Glas erneut zum Mund führen konnte. Ottos Lippen wölbten und kräuselten sich hilflos. Er fand die richtigen Silben nicht. Sein Auge zuckte heftig. Er hatte wegen dieser Zuckerei schon das ein oder andere Mal Ärger mit Leuten bekommen, die ihn nicht kannten und die glaubten, er zwinkere ihnen auffordernd zu. Frauen wie Männer.

»Er ist raus! Er ... verstehst du denn nicht, du Arschloch? Er!!!«

Arnold machte eine halbe Drehung auf dem Barhocker und erstarrte. »Spinnst du, Otto? Er?«

»Er! Wenn ich's dir sage, er!«

»Woher weißt du's?«

»Ich habe ihn im Fernsehen gesehen. Die haben in Koblenz vor dem Rathaus was gefilmt. Eine Demo oder so was. Und da war er plötzlich vor der Kamera. Er hat jetzt graue Haare, so wie wir, und ein bisschen speckiger ist er auch geworden, aber er ist es, Arnold!«

»Bist du sicher?«

»So sicher wie das Amen in der Kirche.« Sein Auge sah aus, als sende es Morsezeichen.

Arnold biss sich auf die Unterlippe. Ein Schatten legte sich über sein Gesicht, als er den Kopf langsam auf die Brust sinken ließ. »Irgendwann musste es ja passieren. Wir haben es immer gewusst. Wir haben es nur verdrängt, Otto.«

Otto hüpfte von einem Fuß auf den anderen. Als Manni und Pitter ihm von einem der Tische winkten und riefen: »Maach os net nervös, Otto. Setz dich op deine Oarsch!«, schnaubte er nur verächtlich. Dann zog er den Reißverschluss seiner Jacke wieder zu und schickte sich an, zu gehen.

»Wo willst du hin?«, fragte Arnold.

»Ich packe!«

Arnold reckte den Kopf hoch, und seine knochige Hand schoss nach vorne. »Von wegen!«, zischte er und fasste Otto beim Arm. »Wir bleiben hier. Der soll nur kommen.«

Als sie ein paar Stunden später Arm in Arm völlig besoffen aus der Kneipe auf die Mayener Straße hinausgeschwankt waren, hatte Otto geweint, und Arnold hatte in einem fort gelallt: »Ich ben en Langenfelder Buchfink. Mischkrischthierkeinerweg!«

Otto wohnte oben, in der Nähe des Kamalashila-Instituts, da, wo ab und zu die asiatische Musik in der Luft hing, wenn wieder ein buddhistisches Fest gefeiert wurde. Und Arnold hatte einen Neubau am Ortsausgang in Richtung Kirchwald. Auf dem Weg nach Hause kotzte er an die Friedhofsmauer.

Sie waren in Langenfeld geboren worden, und sie wollten hier sterben. Arnold half mit bei den Arbeiten in der alten Erzgrube Bendisberg. Otto war im Schützenverein und hatte sich im vorigen Jahr zum zweiten Zeugwart im LCV wählen lassen.

Das Schicksal hatte jeden von ihnen von Zeit zu Zeit fortgetragen, aber sie waren immer wieder hierher zurückgekehrt.

Sie hatten ihr Geld auswärts verdient. »Auf Montage«, so hatten sie das jahrelang den anderen im Dorf weisgemacht. Es war manchmal schwer gewesen, die wirkliche Herkunft ihrer Einkünfte zu kaschieren.

Einmal, da hatten sie geglaubt, die große weite Welt hätte ihnen offengestanden. Sie hatten plötzlich Geld gehabt. Viel Geld. Bei dieser einen Sache in Köln war ihnen gänzlich unerwartet eine Summe mit unglaublich vielen Nullen am richtigen Ende der Ziffernfolge in die Hände gefallen. Eine Summe, die ihnen das viel zitierte *sorgenfreie Leben bis an ihr Ende* versprach. Nicht die kleinen Bröckchen, die gerade mal so weit reichten, dass man ein paar Wochen bequem leben konnte, sondern mehr Geld, als sie sich je hatten erträumen können.

Sie hatten teilen wollen. Korrekt und auf den Pfennig genau. Das hatte Arnold vorbereitet. Er war für die Feinheiten zuständig gewesen. Der Mann, der mit Zünddrähten und Alarmanlagen umgehen konnte.

Otto hatte den Plan ausgearbeitet. Er war der Planer, der immer das große Ganze im Auge behielt. In einem zuckenden Auge. Das Personal, die Umgebung, das Fluchtfahrzeug. Das war sein Job gewesen.

Und dann Siggi. Siggi war der Mann fürs Grobe gewesen. Er hatte früher geboxt. Sie hatten ihn in Mayen in einem Puff kennengelernt. Er kam aus Süddeutschland. Siggi hatten sie jetzt schon sehr lange nicht mehr gesehen. Bei diesem Ding damals war er der Einzige, der eine Wumme bei sich gehabt hatte, und dann hatten auch gleich zwei Leute dran glauben müssen. Ein ohnehin kriegsversehrter Wachmann und ein Passant, der sich aus welchem Grund auch immer für Schimanski gehalten hatte. Wie durch ein Wunder war nur Siggi gefasst worden, und man hatte ihn dorthin gebracht, wo er keine Menschen mehr erschießen konnte.

Und jetzt war Siggi wieder raus.

Arnold bekämpfte den Kater am Morgen mit einem Gemisch aus Tabasco, Ei und Olivenöl. Das half immer.

Der Vorabend lag bereits weit zurück, und er blickte mit verschleierten Augen aus seinem Panoramafenster über das Tal hinüber zum dicht bewaldeten Wabelsberg. Otto hatte sich verguckt, kein Zweifel. In seiner ihm angeborenen Panik hatte er in irgendeinem Gesicht im Fernseher geglaubt, Züge ihres alten Kumpels Siggi erkannt zu haben. Otto wurde alt.

Siggis Schatten würde sie immer begleiten, aber leibhaftig zu sehen bekommen würden sie ihn nie wieder. Da war er sich an diesem Morgen sehr sicher.

Gerade als er sich das Badewasser in die Wanne gelassen hatte, klingelte das Telefon.

Im Hintergrund plärrte das Radio. Die piepsigen Stimmchen einer Boygroup bildeten die musikalische Untermalung des Telefonats. Zuerst rauschte es nur im Hörer, und dann kam die Stimme eines alten Mannes mit bayrischem Akzent: »Ich bin's. Der Siggi.«

Als Arnold später ins Badezimmer ging, war das Wasser kalt. Eine Viertelstunde später kam dann Otto. Er wirkte ausgeglichen und beinahe fröhlich.

»Arnold, ich habe drüber nachgedacht«, sagte er leutselig. »Weißt du, was? Ich habe mich einfach verguckt. Gestern hat es doch so geregnet, und meine Satellitenschüssel ist ja schon so alt, und ich hatte so ein Flimmern im Fernsehprogramm. Das war gar nicht der Siggi, weißt du? Siggi müsste jetzt Mitte sechzig sein, so wie wir, und der Mann im Fernsehen sah eigentlich viel älter aus, und ...«

Er verstummte, als er Arnolds Blick begegnete. Dieser war starr auf das Telefon gerichtet. »Er kommt her«, flüsterte Arnold. »Er kommt hierhin und will sein Geld.«

Im Winkel von Ottos linkem Auge vertieften sich im selben Augenblick ein paar der vielen Fältchen, das Lid begann sanft zu zittern, die Wimpern vibrierten, und dann zuckte das Auge los, als sei es an einen Weidezaun angeklemmt worden.

Arnold holte die Schnapsflasche und zwei Gläser aus dem Schrank. »Was werden wir ihm erzählen?«

Was würden sie Siggi erzählen? Dass Otto in dieses Bauvorhaben auf Ibiza investiert hatte, bei dem neben ihm nicht weniger als vierunddreißig Anleger über die Klinge gesprungen waren? Dass seine Frau früh gestorben war und dass Ottos Herzoperationen eine Menge Geld verschlungen hatten? Dass er jetzt wieder im Haus seiner Eltern wohnte, in dem noch die alte Raufasertapete an den Wänden klebte?

Dass Arnolds Frau bei der Scheidung den Z3 und das Haus an der Costa Brava bekommen hatte? Dass er mit den sieben Modegeschäften entlang der Mosel in Konkurs gegangen war? Dass sie es einzig und allein Siggis Drittel zu verdanken hatten, dass Ottos Tochter eine ordentliche Mitgift bekommen hatte und den Steff heiraten konnte, der beim Augel in Weibern schafft? Dass sie ihren Lebensabend einigermaßen sorgenfrei in ihrem Heimatdorf verbringen durften, immerhin mit einem Dach überm Kopf, in ihren eigenen Häusern?

Als die erste Schnapsflasche leer war, holte Arnold die zweite.

Am nächsten Morgen war das Tabascofläschchen leer. Arnold benutzte Cayennepfeffer und Maggi. Und als sein Kopf wieder klar war, reift darin ein Plan.

Er fuhr nach Mainz. Dort hatte er ein paar alte Bekannte, die nicht im Telefonbuch standen. Er hatte genügend Geld mitgenommen, denn das, was sie ihm verkaufen konnten, ließen sie sich nicht einmal in Ausnahmefällen mit Scheckkarte bezahlen.

Dann rief er Siggi an, der ihm seine Handynummer diktiert hatte. »In St. Jost«, sagte er. Siggi kannte St. Jost im Nitztal, südlich vom Dorf. Dort hatten sie früher ein Versteck im alten Eingang des unteren Stollens gehabt, wo sie Material und Waffen verborgen hatten.

Als Otto und Arnold am Abend in die Kapelle im Tal eintraten, war es schon fast dunkel. Otto steckte den Finger ins Weihwasserbecken und benetzte verstohlen sein Auge. Das tat er immer. Möglicherweise würde davon irgendwann das blöde Zucken aufhören.

Siggi saß mit dem Rücken zu ihnen.

»Wir hatten einen Anstaltspfarrer«, sagte er mit knirschender Stimme, als sie sich links neben ihn in die Kirchenbank setzten. »Der war schwul, glaube ich. Ich bin froh, mal wieder in einer richtigen Kirche zu sein.« Er drehte sich langsam zu ihnen. »Hallo, Jungs.«

Sie erschraken. Das war Siggis Gesicht, daran bestand kein Zweifel, aber es hatte sich im Laufe der Jahre verändert. Die Farbe, die Form ... Er sah aus wie eine alte schimmelige Birne. Das letzte Abendlicht, das durch die Fenster hereindrang, spiegelte sich in den orientalisch anmutenden Goldornamenten des prunkvollen Altars und streute einen Hauch von Gold auf Siggis Profil.

»Ich war brav und folgsam. Und jetzt bin ich draußen.« Er klatschte Arnold auf den Schenkel, dass es durch die Kapelle schallte. »Und jetzt will ich mein Geld!«

Ottos Auge blinzelte schnell wie der Flügelschlag eines Kolibris. »Kriegst du, Siggi, kriegst du!«

»Ist es im Versteck?« Siggi erhob sich ächzend und strich sich den Mantel glatt.

»Das alte Versteck gibt es nicht mehr«, sagte Arnold hastig. »Gleich daneben im alten Grubenhaus ist jetzt ein Café, und der Eingang ist mit Beton eingefasst. Da ist jetzt immer viel los.«

»Wo dann?«

»Wir zeigen's dir.«

Sie verließen die Kapelle. Das Abendlicht war hinter die Berge gekrochen. Der Nitzbach gluckste rastlos in seinem Bett.

»Wir nehmen dich in unserem Auto mit«, sagte Arnold auf dem Parkplatz und schloss seinen Opel auf.

Siggi grübelte einen Moment und sperrte dann seinen alten Golf wieder ab. »Keine Zicken, Jungs!«

Otto lachte zitterig. »Siggi, spinnst du?«

Sie fuhren die gewundene Straße den Berghang hinauf und bogen auf halber Höhe zur Rechten in einen kleinen Waldweg ein. Arnold schaltete den Motor aus und erklärte: »Es ist der mittlere Stollen. Das ganze Ding wird wieder aufbereitet und soll ein Besucherbergwerk werden. Ich bin im Förderverein. Da ist ein Seitenstollen, in dem gibt es ein Versteck hinter einer der Verstrebungen.« Er bemühte sich, diese Erklärung so beiläufig wie möglich klingen zu lassen, damit Siggi keinen Verdacht schöpfte.

»Es muss alles ganz natürlich klingen«, hatte er vor einer halben Stunde seinem Kumpel Otto eingeschärft. »Am besten wäre es, wenn nicht mal dein Auge zucken würde, aber das können wir uns wohl abschminken.«

»Was hast du vor?«, hatte Otto gefragt. »Wie lautet dein Plan?«

»Lass mich machen«, hatte Arnold gesagt. »Lass mich nur machen.« Früher hatte er Otto immer eingeweiht. Heute war ihm das zu riskant.

Sie mussten nicht weit laufen. An der Stelle, an der sich der Wald lichtete und rechter Hand den Blick auf das Nitztal freigab, gähnte links die Öffnung des alten Erzbergwerks in der Steilwand. Zwei Gleise führten aus dem Dunkel heraus bis zum Abhang hin. Hier entsorgten die Restaurateure das Geröll, von dem sie die Stollen befreiten. »Seit fast fünfzig Jahren steht das Ding nun schon leer«, erklärte Arnold, während er die provisorische Gittertür aufsperrte und Taschenlampen verteilte.

Sie mussten nicht lange höflich bitten, um einander den Vortritt zu lassen. Plötzlich war es wieder wie früher. Siggi ging voran. Ganz automatisch. So, wie er es früher bei jedem Ding getan hatte, das sie gemeinsam gedreht hatten. Sie schlüpften nacheinander in die schwarze Öffnung. Um sie herum glitzerte die Nässe des Erdreichs und der hölzernen Verstrebungen im Schein ihrer Taschenlampen.

Meter um Meter gingen sie voran, vorsichtig auf ihre Schritte achtend.

»Wie weit geht das rein?«, fragte Siggi ächzend.

»Halber Kilometer etwa«, sagte Arnold. Otto zupfte ihn plötzlich von hinten am Ärmel und gestikulierte wie wild. Sein Blick schrie geradezu: »Was hast du vor? Es muss etwas passieren!«

Arnolds beruhigende Handbewegung antwortete ihm: »Warte ab! Werd nicht nervös!«

Und plötzlich zog Otto einen Revolver aus der Innentasche seines Mantels. Arnold fuchtelte aufgebracht mit den Händen. Sein Mund formte lautlos die Worte: »Steck das Ding weg!«

Hinter dem Rücken ihres Kumpels vollführten sie eine Art dramatischen Stummfilm, während ihre knirschenden Schritte von den Tunnelwänden widerhallten.

»Noch weit?«, rief Siggi von vorne.

»Da vorne links!«, kommandierte Arnold. »Da vorne links und dann nur noch etwa zwanzig Schritte. Ich zeig dir, welche Strebe es ist!« Sie beobachteten, wie Siggi den Schein seiner Taschenlampe in die angegebene Richtung lenkte und dann hinter einem Stützpfosten verschwand.

»Jetzt zurück!«, zischte Arnold und schubste seinen Freund unversehens in Richtung Ausgang. Sie hörten ihren eigenen Herzschlag dumpf in den Ohren dröhnen, während sie auf die bleigraue Öffnung zustolperten, die vor ihnen immer größer wurde.

Otto erkannte, wie sein Freund Arnold jetzt einen metallenen, eckigen Gegenstand aus seiner Manteltasche holte, das wie ein kleines Funkgerät aussah. Und mit einem Mal wusste er jetzt auch, was sein Freund vorhatte.

Ottos linkes Auge flackerte, die Taschenlampe flackerte, auch Siggis Stimme aus dem hinteren Teil des Stollens schien jetzt irgendwie unmerklich zu flackern, als er rief: »He! Wo seid ihr, Jungs?«

Sie sprangen ins Freie, Arnold hielt das kleine Gerät fest umklammert, hielt die Luft an, drückte ein rötlich schimmerndes Knöpfchen, und beide Männer starrten mit offenstehenden Mündern auf die Grubenöffnung, in der jetzt auch undeutlich der Schein von Siggis Taschenlampe sichtbar wurde.

Arnold hörte die Stille des Waldes, in der ein paar Vögel sich leise schnatternd zur Nacht betteten. Er hörte Siggis Schritte und Flüche, die langsam aber stetig näherkamen. Nur eines hörte er nicht: Den erlösenden, nicht zu lauten Knall, der die präparierte Deckenstrebe wegsprengen und der ihnen endgültig die verdiente Altersruhe garantieren würde.

Irgendetwas lief hier falsch. Der Berg ließ möglicherweise die Funkwellen nicht durch oder etwas in der Art. Es sollte einen Knall geben. Dann ein Rumpeln und vielleicht ein verstummender Schrei ...

Stattdessen hörte er ein Röcheln.

Das Röcheln kam von Otto, der sich links neben ihm zusammenkrümmte und die Finger der Linken in den Stoff über seiner Brust grub.

Arnold hielt die Fernbedienung für die Sprengkapsel fest in der Hand. Sein Finger presste den Auslöser, dass es wehtat. Aber das Einzige, was das Funksignal bewirkte, war offensichtlich, dass es Ottos Herzschrittmacher durcheinanderbrachte. Als Arnold endlich erkannte, welcher fatale Zusammenhang zwischen dem kleinen, batteriebetriebenen Ding in seiner Hand und dem stöhnenden Geräusch bestand, das sein Freund mit schwindender Kraft ausstieß, war es bereits zu spät.

Otto knickte mit den Knien ein, glitt kraftlos auf den nassen Schotter, und als Arnold sich über ihn beugte, atmete er kaum noch.

Als sich Ottos Körper in einem letzten Krampf aufbäumte, schlossen sich die Finger zu Fäusten, und unkontrolliert krallte sich der Zeigefinger um den Abzug des Revolvers. Begleitet von einem Knall, der tausendfach von den bewaldeten Hängen widerhallte, bohrte sich eine Kugel durch Ottos Mantel, auf direktem Weg in Arnolds Herz.

Ottos Auge zuckte ein letztes Mal ein wildes Stakkato, als Arnold über ihm zusammensackte und als im gleichen Moment Siggi in der Öffnung des Stollens auftauchte.

Und dann hörte das Zucken endlich auf.

Stiftels finsteres Geheimnis

»Irgendwas stimmt mit dem nicht.«

»Hm?«

»Irgendwas ist mit diesem Kerl nicht Ordnung.« Maria Walterscheid drehte sich zu ihrem Mann Bert um, der nur widerwillig von seiner *Sport-Bild* aufsah. Als er das Fernglas in ihren knochigen Händen entdeckte, brummte er: »Tu dat weg! Wenn der dich sieht ...«

»Wenn der dich sieht ... wenn der dich sieht ... irgendwas stimmt mit dem nicht, Bert, das spüre ich!«

Als sie das Fernglas wieder an die Augen hob, hatte Stiftel den Vorhang bereits wieder zugezogen. Sie fluchte leise. Um ein Haar hätte sie einen Blick in das Wohnzimmer ihres neuen Nachbarn werfen können. Die Abenddämmerung breitete ihr Zwielicht über dem Dorf aus, Stiftel hatte schon das Licht eingeschaltet, und für einen Moment – nur für einen winzigen Moment – hatte sie aus dem Dunkel ihres Beobachtungspostens am Wohnzimmerfenster heraus eine Schrankwand erkennen können und die Schemen einer Sitzgruppe. Und schon war es wieder vorbei.

Maria Walterscheid malmte verärgert mit den Zähnen. »Na warte«, knurrte sie. »Das finde ich schon noch raus, mein Freund.«

»Kann ich jetz dat Licht wieder anmachen?«, fragte Bert.

Friedrich Stiftel kam aus der Stadt. Ein kleines, nervöses Männlein mit starker Brille und fettigem Haar.

In dem unscheinbaren Haus mit der grauen Sandputzfassade hatte bis vor vier Monaten der alte Otten gewohnt, dem Frau Walterscheid öfter mal was zu Essen rübergebracht hatte. Sie hörte sein trockenes Husten, wenn sie im Sommer bei offenem Fenster schliefen, und sie hatte seine Unterhosen an der Leine im Garten baumeln sehen. Für Otten hatte sie oft Post entgegengenommen, und sie hatte seine verlausten Katzen versorgt, wenn er zu seinem Sohn nach Bottrop fuhr.

Einen Hausschlüssel hatte sie natürlich auch gehabt, keine Frage.

Natürlich nur für den Notfall.

Otten hatte man dann irgendwann die Gallenblase entfernt, danach eine Niere, ein paar Monate später noch irgendwas anderes, sodass er irgendwann nur noch halb so schwer war und fast vom Wind umgeworfen wurde. Und dann hatte ihn Maria Walterscheid eines Morgens in seinem Garten gefunden. Tot, unter einem Kirschbaum. Er sah aus wie ein großes graues Hemd, das es von der Leine gepustet hatte.

Und jetzt wohnte dort Stiftel.

Und von Stiftel wusste sie nichts.

Gar nichts.

»Ich kann jar nix mehr sehen«, maulte ihr Mann, und mit einem verächtlichen Schnaufen schlug sie nach dem Lichtschalter.

Stiftel wusste noch nicht, mit wem er es hier zu tun hatte. Das hier war nicht die Stadt, in dem lichtscheue Gestalten spurlos ihr Dasein fristen konnten. Das war ein kleines Dorf in der Eifel, in dem Geheimnisse nicht sehr lange welche blieben.

Sie hatte ein flächendeckendes Netzwerk von Mitstreiterinnen, sie hatte Marlene, Helga, Ingeborg und Finchen, sie hatte eine Überwachungsmaschinerie, die diesen Neuling nackt und gläsern machen würde, wenn sie sie erst einmal angeworfen hatte. Und bei Stiftel, da war sich Maria Walterscheid auf eine unerklärliche Art sicher, da würde es sich lohnen.

* * *

»Heinz-Friedrich Stiftel, Rufname Friedrich. Geboren am 17.3.1952 in Mainz-Gonsenheim. Ledig, kinderlos. Beruf: Lehrer. Wegen eines Nervenleidens arbeitsunfähig seit 2003. Bevor er hierherkam, hat er sieben Jahre in Köln gewohnt.« Helga guckte zerknirscht. »Nicht besonders viel, was?«

Maria schüttelte den Kopf. »Nicht besonders viel. Aber immerhin ein Anfang.« Sie sah Helga intensiv an. »Keine Frauengeschichten?«

Helga rang die Hände. »Nun ja, Maria, meine Nichte arbeitet beim Einwohnermeldeamt und nicht beim Verfassungsschutz.«

Maria Walterscheid schlürfte ihren Kaffee Hag. »Es ist dieser Blick, weißt du, Helga. So ... verhuscht. Wie so ein kleines Tier. Diese zugezogenen Vorhänge, dieses hektische Umgucken im Garten .... Wie auf der Flucht oder so.«

»Der Mann ist nervenkrank.«

»So sagen es die Aufzeichnungen«, sagte Maria Walterscheid und schlug einen geheimnisvoll verschwörerischen Tonfall an. »Das ist nur die Fassade, glaub mir.«

* * *

»Er hat Frauenbesuch gehabt!«, jubelte Marlene, als sie auf Maria zulief, die den Bürgersteig fegte.

In ihrer Hand hielt sie aufgefächert fünf Polaroid-Fotos. »Eine Frau! Stiftel hat eine Frauenbekanntschaft!«

Maria sah hastig zum Nachbargrundstück hinüber, dann zerrte sie Marlene in den Hauseingang.

Gierig ließ sie den Blick über die Fotos huschen. Stiftel, seine Haustür, sein Mazda, eine Frau ... kein Zweifel. Ein zierliches Persönchen, fast einen Kopf kleiner als Stiftel sogar. Dunkle Haare, Pagenschnitt.

»Total verwackelt«, maulte Maria. »Hast du auch was, auf dem sie von vorne zu sehen ist?«

»Hier.« Marlene tippte auf ein Bild, auf dem Stiftel die Autotür hinter der fremden Frau schloss.

»Ist ja der halbe Kopf abgeschnitten.«

»Bin ja auch kein Fotograf.«

»Wann war das?«

Marlene drehte eins der Fotos. Datum und Uhrzeit waren notiert. Marlene hatte sogar ihr Kürzel druntergesetzt: M. F. für Marlene Fries.

»Vorgestern?« Marias Stimme wurde laut und überschlug sich. »Was soll denn das? Wieso kriege ich das erst jetzt zu sehen?«

»Wir waren doch über's Wochenende weg, an der Mosel«, sagte Marlene kleinlaut.

»Der halbe Kopf abgeschnitten«, murmelte Maria.

* * *

An einem Mittwochnachmittag, an dem sie Stiftel beobachtet hatte, wie er in seinen Mazda gestiegen und davongefahren war, glaubte sie, die Zeit sei nun reif für eine kleine Expedition.

»Wo jehste hin?«, fragte ihr Mann, der in der Küche über den Lokalteil der Tageszeitung gebeugt saß. Sie antwortete nicht. Er hatte auch keine Antwort erwartet.

Sie zog alte Wollsocken über ihre Halbschuhe und ihre Spülhandschuhe über die Hände. »Liebchen«, rief ihr Mann ihr noch hinterher. »Dat is hier kein Edgar-Wallace-Film. Dat is die Eifel.« Aber da war sie bereits am Zaun zu Stiftels Grundstück.

Stiftels Kardinalfehler war gewesen, sie nicht binnen einer Woche nach seinem Einzug zu einer Tasse Kaffee einzuladen. Sie und Finchen, seine nächsten Nachbarinnen rechts und links. Oder die beiden gemeinsam mit ihren Ehemännern zum Grillen am Abend. Ein paar freundliche Worte am Gartenzaun oder vielleicht ein Beitritt in einen der sechzehn Vereine des Dorfes wären ein Zeichen. Mussten ja nicht die Schützen oder der Tennisclub sein. Karneval oder Dorfverschönerungsverein war ja auch schon mal was. Sie hätte ihm auch Salat aus dem eigenen Garten geschenkt und künftig zu Weihnachten ein Päckchen Schokoladenprinten oder etwas Ähnliches.

Aber Stiftel schottete sich ab.

Kein Mensch tut das, wenn er nichts zu verbergen hat.

Sie blickte sich um. Der alte Schuppen war vom Knöterich überwuchert, von der rostigen Wäschespinne baumelten lose die vergammelten Leinen herunter. Der Garten drohte zu verwildern. Grillen wäre hier gar nicht möglich. Schlamperei.

Sie pirschte sich, verdeckt von den üppigen Holunderbüschen, nach vorne, zur Haustür. Man musste sie ja nicht unbedingt sehen. Ihre Nachbarinnen kannten und unterstützten zwar ihre Mission, diente sie doch dem dörflichen Gemeinwohl, aber ...

Insgeheim hatte sie gehofft, er habe vor lauter Nachlässigkeit das alte Schloss in der Haustür gelassen. Aber dieser ängstliche kleine Mann hatte vorgesorgt. Sie ließ den Schlüssel vom alten Otten wieder in die Tasche ihrer Kittelschürze gleiten, in der auch das schnurlose Telefon ruhte. Finchen hatte Order durchzuklingeln, wenn unerwartet sein Auto auftauchte.

Ein neues Schloss! Wenn der nichts zu verbergen hatte.

Energischen Schrittes ging sie zum Klofenster. Das hatte beim Otten oft schief in den Angeln gehangen. Kinderspiel, so was aufzudrücken.

Aber auch hier hatte Stiftel vorgesorgt. Das Fenster war fest verschlossen, und von innen war eine matte Folie gegen die Scheibe geklebt.

Sie fluchte etwas, das sie ihrem Mann abgelauscht hatte, als er noch im Steinbruch gearbeitet hatte.

Dann kam ihr die Erinnerung an die Katzenklappe, und eine bislang unbekannte Euphorie brandete durch ihren Körper.

Die Klappe war unverändert am unteren Rand der Terrassentür angebracht. Als Maria in die Knie ging, knackte es gefährlich, und Schmerzen fuhren ihr durch die blau geäderten Beine. Dann aber belohnte sie der Einblick in Friedrich Stiftels Wohnzimmer für ihren Schmerz.

Wenn sie den Kopf ganz dicht auf die Bruchsteinfliesen vor der Terrassentür hinunterpresste, konnte sie hineinsehen.

Maria Walterscheid hielt den Atem an.

Ein durchschnittlich geschmackvoll eingerichteter Raum. Sitzgruppe, Essecke, Schrankwand aus hellem Holz, nichts

Besonderes. Die Möbel hatte sie schon in Augenschein nehmen können, als sie den Fahrern des Möbelwagens eine Tasse Kaffee hinübergebracht hatte, um bei einem Schwätzchen vielleicht das *ein oder andere* zu erfahren.

Persische Teppiche in gedeckten Farben, ein paar moderne Kunstdrucke, ein frischer Blumenstrauß in einer Vase auf dem Tisch.

Kleine Steinchen drückten sich in ihre Wange. Sie schob den Kopf weiter vor.

Das Bild, das sich ihr hier präsentierte, war ihr zu brav, zu bieder. Irgendein finsteres Geheimnis verbarg sich hier.

Und plötzlich hing sie fest.

Ihr Kopf steckte in der Katzenklappe fest, und so wie sie versuchte, ihn zu drehen und zu wenden, quetschte sich ihre Nase, dass der Knorpel knirschte, sprangen ihre Haarklammern durch die Luft. Maria Walterscheid keuchte. Der Rahmen der Katzenklappe drückte in ihren Nacken.

Sie ruckte erneut. Nichts.

Als sie erschöpft innehielt, erklang plötzlich durch die eintretende Stille das Geräusch eines Schlüssels in einem Schloss.

Das Blut schoss ihr in den Kopf, was in ihrer Situation nicht eben förderlich war. Stiftel war zurück! Was war, wenn er sie jetzt in dieser Lage vorfand? Dafür gab es nicht allzu viele wirklich glaubwürdige Erklärungen. Panisch wand sie sich hin und her, und plötzlich hatte sie sich befreit und kullerte hinterrücks auf die Terrasse.

Es dauerte nur einige Sekunden, bis sie sich wieder aufgerappelt hatte.

In der Tasche ihrer Kittelschürze klingelte das Telefon. Als sie in die Büsche hineinstrauchelte, um möglichst rasch in ihren eigenen Garten zu fliehen, presste sie den Hörer ans Ohr und vernahm Finchens aufgeregte Stimme: »Er kommt zurück!« Maria unterdrückte einen wütenden Aufschrei. »Er IST zurück!«, zischte sie.

»Jetzt holt er was Schweres aus dem Kofferraum. O wei, Maria. Ein Riesenpaket!« Finchens Stimme überschlug sich. Als Maria über den Zaun kletterte, zerriss es ihr die Kittelschürze.

»Paket?«, keuchte sie, »was denn für ein Paket?«

Jetzt hörte auch sie das Schlagen des Kofferraums vor Stiftels Haus. Und dann umrundete seine kleine Gestalt die Holunderbüsche. Er schleppte in der Tat ein riesiges Paket. Einen unförmigen, großen Sack aus Kunststofffasern, der mit einem Strick zugeschnürt war. Stiftel stand der Schweiß auf der Stirn.

Maria kauerte sich schwer atmend hinter den Zaun und beobachtete ihn, wie er seine Last keuchend und schnaufend am Haus entlang in den Garten schleifte und schließlich im Schuppen verstaute.

»Finchen«, hauchte sie leise in das Telefon. »Ich hab's gewusst! Der halbe Kopf abgeschnitten. Vielleicht jetzt schon der ganze!«

Am nächsten Tag ließ sie den Schuppen so gut wie nicht aus den Augen. Das nagelneue Vorhängeschloss, das Stiftel angebracht hatte, blinkte in der Sonne geradezu hämisch zu ihr hinüber.

Sie verpasste keine Nachrichtensendung und ließ den ganzen Tag das Radio laufen. Wurde jemand vermisst? Hatte sich ein Mord ereignet? Sollte sie die Polizei alarmieren? Ihre Nerven waren zum Zerreißen gespannt.

In der darauffolgenden Nacht standen sie dann in Marias Wohnzimmer. Es war etwa drei Uhr, als Bert aus dem Schlafzimmer geschlurft kam, seine Pyjamahose über seinen dicken Bauch zurrte und in drei weit aufgerissene Augenpaare blickte, als er das Licht im Esszimmer anschaltete. Er hob an, um zu fragen: »Wat macht Ihr denn hier?«, aber dann schloss er doch nur achselzuckend den Mund, holte sich einen Joghurt aus dem Kühlschrank, schlich kopfschüttelnd zurück ins Schlafzimmer und überließ sie wieder der Dunkelheit. »Weiber«, hörten sie ihn noch schnaufen.

Um 4.30 Uhr wurde ihr Warten belohnt. Es tat sich etwas in Stiftels Garten.

»Ich hab's gewusst!«, zischte Maria, als sie einen Spaten im Mondlicht aufblitzen sahen. Ingeborg und Finchen trauten ihren Augen nicht. Es war finster, und doch war alles deutlich zu erkennen.

Stiftel begann damit, gleich unter einem der Kirschbäume am Rand zu Finchens Garten, da, wo auch der tote Opa Otten gelegen hatte, ein gewaltiges Loch zu graben. Maria notierte die Uhrzeit und zeichnete im Schein des Feuerzeugs eine detaillierte Skizze des Geländes.

* * *

Am nächsten Tag brummte ihr Mann jedes Mal sehr unwirsch, wenn sie sich dem Telefon näherte, um mit verstellter Stimme die Polizei auf die mysteriösen Aktivitäten des Nachbarn hinzuweisen.

Am Abend tönte plötzlich ein Schrei die durch die Stille. Ein Frauenschrei.

Für einen unaufmerksamen Passanten wäre er wahrscheinlich unbeachtet zwischen den Geräuschen des Sommerabends verklungen, aber Marias Gehör war geschärft. All ihre Sinne waren seit Tagen in Alarmbereitschaft.

»Schon wieder eine«, murmelte sie und stürzte ans Fenster.

Zuerst rief Finchen an. Sie war besonders begierig, ihre Versäumnisse bei der letzten Bewachung wieder gutzumachen. Dann klingelte Helga an, danach Ingeborg und schließlich Marlene. Sie alle hatten brav auf ihren Posten gesessen und gelauscht und verkündeten aufgeregt: »Ein Schrei!«

Aus Stiftels Küchenfenster drang Licht. Der Vorhang war nur zur Hälfte zugezogen. Als sie das bereitliegende Fernglas an ihre Augen hob, war es ihr, als lege sich eine eiskalte Hand zwischen ihre Schulterblätter.

Sie erkannte undeutlich Stiftels Hände und die hochgekrempelten Hemdsärmel. Die Finger waren rot.

Wenige Augenblicke später klingelte Ingeborg an der Haustür und war auch fast schon gleichzeitig bei Maria am Fenster. »Blut«, flüsterte auch sie. »Du hattest recht, tatsächlich Blut!«

Maria trat vor den Fernseher und versperrte ihrem Mann den Blick auf den *Musikantenstadl*. »Ruf die Polizei!«, herrschte sie ihn an. Dann verließ sie gemeinsam mit ihrer Freundin Ingeborg das Wohnzimmer durch die Terrassentür.

»Aber Liebchen«, hörte sie noch. »Du machs aber auch aus jedem Futz ne Donderschlaach.«

Um sie herum kroch die Nacht durch die Wipfel der Bäume heran. Die letzten Vögel pfiffen ein melancholisches Abendlied, und es roch nach frisch versprengter Gülle.

Sie gelangten ohne nennenswerte Zwischenfälle zu Stiftels Küchenfenster. Handschuhe und Wollstrümpfe und all das waren jetzt nicht mehr wichtig. Jetzt ging es um Sekunden.

Hinter ihrem eigenen Wohnzimmerfenster glaubte Maria ihren Mann stehen zu sehen. Er schüttelte den Kopf und hielt den Telefonhörer in der Hand.

»Ich bin bei dir«, flüsterte Ingeborg, als Maria sich näher heranpirschte.

Stiftel stand mit dem Rücken zu ihnen. Er hatte eine Schürze umgebunden und hantierte auf dem Küchentisch herum. Wann immer seine Hände sichtbar wurden, glänzten sie feucht und leuchteten in einem beängstigenden Dunkelrot.

Durch den Fensterspalt mischte sich ein süßlicher Geruch unter den Güllemief.

»Mir wird schlecht«, hauchte Maria. Als sie zur Seite sah, erkannte sie, dass es bei ihrer Kameradin bereits so weit war. Ingeborg verdrehte die Augen und begann zu taumeln. »Nicht«, zischte Maria. »Reiß dich am Riemen!« Aber Ingeborg würgte, klammerte sich an einer alten Holzleiter fest, die an der Wand hing, riss sie aus ihrer Verankerung, und mit ohrenbetäubendem Geschepper dengelten gestapelte Eimer, Schubkarre, Spaten, Rechen und Besen durch die Dunkelheit.

Stiftel wirbelte herum, riss entsetzt die Augen hinter der rot besprenkelten Brille auf, breitete die tiefroten Hände in einer wilden Geste aus und präsentierte eine blutrote Küchenschürze, die seinen Leib umspannte. Als er Maria erkannte, stieß er einen schrillen Schrei aus und griff nach einem der vielen stahlglänzenden Messer aus der Halterung über dem Herd.

Maria half ihrer Freundin auf die Beine und betete in einem fort das *Ave Maria*. *»Voll der Gnaden«*, bibberte sie. *»Komm und bitte für uns Sünder ...«* Sie stolperten voran, der Zaun raste auf sie zu.

Stiftels Gestalt huschte um die Hausecke. Er war wie von Sinnen. »Weg hier!«, kreischte er. »Ihr verdammten Weiber! Lasst mich in Ruhe!«

»Jetzt und in der Stunde unseres Todes ...« Maria hatte das Gefühl, die Geschwindigkeit ihres Herzschlags habe sich verdreifacht. *»Amen!«*

Dann tanzten mit einem Mal die weißlichen Lichtkegel zweier Taschenlampen durch die Nacht, und die Stimme eines Polizisten brüllte tief und mit einem Tonfall, der keinen Widerspruch duldete: »Halt! Bleiben Sie stehen!«

* * *

»Holunder«, sagte der Polizist und lutschte den Finger ab.

Stiftel saß in seinem Wohnzimmer. Er hatte den Fernseher abgeschaltet. Das elende Geschrei der Hauptdarstellerin war ihm ohnehin auf die Nerven gegangen.

Stiftel war an seinem Esstisch in sich zusammengesackt und zitterte am ganzen Leib. Er trank bereits den dritten Eifelgeist.

»Ja, Holunder. Gelee«, flüsterte er. »Und Saft. Ist gut gegen Halsschmerzen.«

Der andere Polizist tauchte in der Terrassentür auf. »Ich bleibe draußen. Hab zu viel Dreck an den Schuhen.« In der Hand hielt er den Spaten. »Ein Hund. Neufundländer oder so was.«

»Hovawart«, flüsterte Stiftel und kippte einen weiteren Eifelgeist.

»Von ihrer Freundin, sagen Sie?« Der Polizist kam aus der Küche und versuchte, mit dem Taschentuch den hartnäckigen Holundersaft von seinem Fingernagel zu wischen.

»Genau. Von Uschi. Aus Köln. Freundschaftsdienst.«

»Das ist nicht zulässig. Das gehört in die Tierkörperverwertung.«

»Ich weiß. Deshalb habe ich's im Dunkeln gemacht.«

Der Beamte guckte durch das Esszimmerfenster zum Nachbarhaus hinüber. Dort oben sah er bleiche Frauengesichter hinter der Fensterscheibe. Völlig mit den Nerven runter, diese Weiber. Einen armen kranken Nachbarn drangsalieren ...

»Sie sollten in einen Verein gehen oder so was. Sechzehn Stück gibt's hier. Da sollte doch was für Sie dabei sein.«

Stiftel nickte.

»Und mal grillen mit den Nachbarn oder so was.«

Stiftel nickte wieder.

Als die Polizisten gegangen waren, spülte er den sechsten Eifelgeist hinunter. Mit den Nachbarn würde er in Zukunft schon zurechtkommen. Jetzt hatte er Oberwasser. Nun würden sie ihn in Ruhe lassen und keinen weiteren Verdacht schöpfen.

Er ging in die Küche und zog die Vorhänge zu. Dann rückte er die Brille zurecht und nahm ein Messer. Das, mit dem er vorhin in den Garten gelaufen war. Er schüttelte den Kopf.

Zu klein.

Das größere war besser. Es lag gut in der Hand. Und er benutzte es immer nur für Fleisch.

Jetzt würde alles glattgehen.

Er rief Uschi an und lud sie für den nächsten Tag zum Abendessen ein. Das Messer hielt er während des Telefonats fest in der Hand.

Ihm würde nun keiner mehr in die Quere kommen.

Flipper im Regen

Regen ist natürlich ganz schlecht.

Nicht, wie Sie jetzt vielleicht denken, wegen der Fußspuren oder so. Ein Paar dunkelbrauner, ausgetretener Herrenschuhe, Größe 43, gekauft auf einem belgischen Flohmarkt. Da kann ich Fußspuren hinterlassen, so viel ich will, da kann ich, wenn ich will, im Blumenbeet Bossanova tanzen. Die identifiziert so schnell keiner.

Nein, Regen ist einfach mies. Er zieht dich runter. Vor allem der Dauerregen. Wenn tagelang vor den Fenstern ein Vorhang aus feinen Wasserschnüren hängt, wenn sich hoch über dir ein granitgrauer Teppich mit gelassener Trägheit vorwärtsschiebt, dann bohren sich die Schmerzen in die Schläfen. Das Herz schlägt dann langsamer. Jeder Atemzug wird zum Klimmzug.

Regen ist, wie gesagt, ganz schlecht. Die Glückshormone bleiben, wo sie sind. Ausschüttung erst wieder in zwei Wochen.

Man möchte weinen.

Normalerweise weine ich nicht. Unsere Welt liefert zwar tagtäglich tausend Gründe und mehr. Frei Haus, mit doppeltem Durchschlag. Dürrekatastrophen, Kriege, Telenovelas. Man hätte Grund zu weinen.

Bei Tieren musste ich immer weinen. Bei Tieren im Film. Und bei kleinen Kindern.

Mein Wagen ist absichtlich unauffällig. Ich kaufe mir immer einen neuen, wenn die Modefarbe wechselt. Mittelklasse. Auch meine Kleidung – Mittelklasse. Bei Regen natürlich grau und Erdtöne. Ich hätte gerne mal wieder einen roten Pullover oder ein buntes Hawaiihemd. Nun, irgendwann werde auch ich in Rente gehen. Da wird es dann bunt. Und dann kommt auch das Cabriolet.

Bis dahin fahre ich Opel.

Im Radio spielen sie die Carpenters: *There's a kind of hush* ... Das war doch die hübsche junge Sängerin mit ihrem Bruder. Die ist sehr jung gestorben. Magersucht, glaube ich. Das hat mich sehr betrübt, damals. Achtzig Millionen Platten verkauft, bildhübsch und so jung. Oh, Mann.

Ich drehe weiter: *We had joy, we had fun, we had seasons in the sun* ... Oh, Junge, heute kommt es aber knüppeldick. Meine erste Freundin hatte mich damals verlassen. Irene. Mann, was habe ich geheult und immer wieder dieses Lied gehört. Ich habe Tabletten geschluckt. Falsche Packung. Vor lauter Wasser in den Augen. *Merz Spezialdragees* – Schönheit, die von innen kommt. Hat meiner Gesundheit nicht geschadet.

Früher habe ich dauernd geheult. Vielleicht bin ich deshalb heute so abgebrüht.

Die Kanone steckt im Holster. Gestern vor dem Zubettgehen habe ich sie geölt und durchgeladen.

Eine Ceska, Typ 83, Kaliber 7,65 Millimeter. Aus der Tschechei. Ich bin sehr zufrieden damit.

Früher habe ich geheult, als mein Vater unseren alten Hund vom Förster hat erschießen lassen, weil er angefangen hat, am Rand vom Dorf Schafe zu reißen.

Und bei *Lassie* habe ich auch geheult. *Lassie!* Jungejunge, da war die Musik vom Vorspann schon so traurig! Lassie, weit weg von zu Hause, das Pfötchen verletzt. Und der kleine Timmy ganz am Ende. Ein kleiner Junge, nur noch ein Schatten seiner selbst. Meine Mutter hat immer gesagt, ich sehe aus wie der kleine Timmy. Ich konnte auch so heulen wie er. Auch bei *Bambi*.

Heute bin ich ein ziemlich harter Hund.

Den Wagen parke ich fünfhundert Meter weiter, in der Einmündung eines Feldwegs. Im Vorbeifahren habe ich gesehen, dass Licht im Haus ist und dass die Garage verschlossen ist. Er ist zurück, so wie sie es mir am Telefon gesagt haben. Vermutlich ist er den ganzen Tag durchgefahren, zurück von Schweden in die Eifel. Sein letzter Urlaub.

Im Urlaub habe ich immer Heimweh gehabt. Heimweh war immer sehr schlimm. Bei Opa und Oma in Mayen habe ich auch immer Heimweh gehabt. Und geheult, klar. Manchmal von der Abfahrt meiner Eltern, bis zu dem Moment, an dem sie mich wieder abholten.

Es regnet wieder. Für anderthalb Stunden hat es aufgehört, aber mich kann man nicht täuschen. Ich weiß, dass es noch eine Weile so weitergehen wird. Das Wasser rinnt mir am Mantel herunter.

Ich gehe langsam. Er wird mir nicht weglaufen. Hier draußen sieht mich keiner. Hier ist die Welt zu Ende. Ich versuche, mich auf die Situation einzustellen, die mich erwarten wird. Sein Bild kenne ich von den Fotos, die mir die Leute gegeben haben, denen er im Weg ist. Er muss weg. Warum, das ist mir egal. Das muss mir egal sein.

Er sieht ein bisschen so aus wie James Stewart, finde ich.

James Stewart in diesem Weihnachtsfilm. Mann, da muss ich Rotz und Wasser heulen. Die kleine Zouzou mit den Rosenblättern, der lose Knauf auf dem Treppengeländer ... Sie wissen jetzt vielleicht nicht, wovon ich rede, aber wer da nicht weint, der hat ein Herz aus Granit.

James Stewart ... James Stewart ... das muss jetzt aber wirklich nicht sein.

Ich muss schlucken.

Die Haustür ist für mich kein Problem. Für mich und meine kleine Metallfeder nicht. Die Tür quietscht nicht. Hier ist alles gut geölt. Wie meine Ceska, die ich jetzt schon einmal vorsichtig aus dem Holster nehme.

Der Regen trommelt ganz leise auf der Scheibe. Wie hundert Mäuse auf dem Dachboden. Ich hatte als Kind eine kleine weiße Maus. Und auch zwei Hamster. Drei Kaninchen. Bei uns im Garten waren mindestens zwanzig kleine Gräber unter den Büschen. Vögel, die gegen die Scheibe geflogen waren, Igel, plattgefahren, eine Katze, die unser Hund auf dem Gewissen hatte, bevor er sich auf Schafe spezialisierte.

Ich habe jedes Mal eine Trauerfeier abgehalten.

Auch als Winnetou starb.

Ich höre jetzt leise Musik.

Sein Mantel hängt an der Garderobe. Zwei Koffer sind abgestellt worden. Noch nicht ausgepackt, wie's scheint. In der Küche ist Licht, aber sie ist leer.

Ich mache kein Geräusch, als ich voranschleiche.

Der Flur ist dunkel. Am Ende sehe ich einen schmalen Lichtstreifen.

Jetzt rieche ich es: Fichtennadelschaumbad.

Wie früher.

Die Musik kenne ich auch: *Love Story.* Furchtbar traurig. »Plimm Plimm Plimmplimm Plimm.« Ich denke wieder an Irene.

Für einen Augenblick zögere ich. Er wird doch wohl alleine sein!

Meine Informationen dahingehend sind eindeutig. Alleinstehend, keine Frauenbesuche.

Jetzt kommt der Radiosprecher, und ich atme auf. Keiner hört so einen Plappersender beim Schäferstündchen. Das Wasser plätschert. Ein Bad nach der langen Reise.

Ich schiebe die Badezimmertür auf. Er hört nichts. Der Radiosprecher quasselt dummes Zeug.

Dann sieht mich der Mann im Spiegel und fährt herum. Das Wasser spritzt. Er greift nach dem Handtuch, erstarrt aber in der Bewegung. Seine Haare kleben ihm in der Stirn. Am rechten Ohr hat er eine Schaumflocke. Als er meine Pistole sieht, weiß er Bescheid. Mein Finger krümmt sich am Abzug.

Seine Augen weiten sich. Er sitzt stumm im Wasser und weiß, dass es vorbei ist. Er ist eigentlich schon tot.

Flipper!

In einer Folge ist Flipper sterbenskrank. Sandy und Bud halten die Hupe ins Wasser und machen »Rüör Rüör«, und normalerweise kommt er immer, aber jetzt ist er krank und liegt da und kann gar nicht mehr sein lustiges Keckern ausstoßen.

Ich muss wieder schlucken. Mein Finger zittert.

Der Mann hat die Augen und die Nasenlöcher geweitet. Diese James-Stewart-Nase, diese James-Stewart-Nasenlöcher ... Das Wasser schießt mir in die Augen, mein Finger beginnt zu zittern.

Er hat Angst.

Er tut mir leid. Wahrscheinlich hat er auch immer bei Tierfilmen geweint und hat auch zwei Meerschweinchen zu Grabe getragen. Vielleicht leidet er unter dem Regen genauso wie ich und sucht Freunde und weint sich abends in den Schlaf.

Sein Kinn zittert. Tränen rollen ihm die Wangen herunter. Seine Augen röten sich.

Dann bringt der nächste Song das Fass zum Überlaufen: *Ruf Teddybär Eins Vier!* Alles bricht in mir zusammen. Ich nehme den Finger vom Hahn und lasse meinen Tränen freien Lauf. Der Mann schluchzt, ich schluchze, und das Ganze wird untermalt von der Geschichte des kleinen gelähmten Jungen, der davon träumt, einmal mit einem Truck zu fahren wie sein toter Vater.

Der Mann vor mir schließt seine James-Stewart-Augen, und sein Körper windet sich in rhythmischem Schluchzen. Er bietet ein Bild des Jammers. Völlig haltlos heult er Rotz und Wasser, und der Badeschaum löst sich um ihn herum mit leisem Prickeln auf. Ich möchte ihn umarmen, ihn küssen, ihn trösten ...

Ich habe ihn dann doch erschossen. Kann ich mir nicht erlauben.

Bond, James Bond

Der Wirt sah dem Schaum zu, der in dem Bierglas wuchs.

»Bond«, sagte er. »James Bond. Der eine Connery, der andere Moore.«

»Wie bitte?« Der Mann vor dem Tresen war offensichtlich einen Moment lang mit den Gedanken ganz woanders gewesen. Er wischte sich mit dem Finger die Mundwinkel.

»Die zwei da draußen, die Ihren Wagen befummeln. Sie tun so, als wären sie James Bond. Beide. Der eine meint, er wäre Roger Moore, und der andere tut so, als wäre er Sean Connery. Sind Brüder. Haben 'nen ganz schönen Riss in der Marke.«

»Als Kind zu fest geschüttelt worden, was?«, sagte der Mann mit einem wölfischen Grinsen. »Geschüttelt, nicht gerührt.«

»Möglich«, brummte der Wirt, ein vierschrötiger Bursche in den fünfzigern, ohne die Anspielung auch nur andeutungsweise zu verstehen, und schob ihm das Glas hin.

»Kein Kölsch?«, fragte der Gast.

»Nur Pils.«

Das Bier dauerte nur vier Schlucke. Es war mörderisch heiß. An drei Fliegenfängern surrte und brummte es in einem vielstimmigen Chor der Verzweiflung.

Der Fremde wischte sich wieder die Mundwinkel. Das schien eine Marotte von ihm zu sein. Er war groß, mager und hatte krauses, blondes Haar mit buschigen Koteletten. Das war früher schon mal modern gewesen und war es heute wahrscheinlich wieder.

Hier in dem winzigen Nest spielten diese Dinge keine Rolle. Mode gab es hier nicht. Während der Mann sich in der Kneipe umsah, bestätigte sich in ihm der Verdacht, dass hier immer die Fünfziger herrschen würden.

Der Mann fischte sein Handy aus der Tasche seiner eng anliegenden Jeans. Null Empfang. Klar.

»Kann man hier mal telefonieren?« Er fragte es, als sei er sich nicht sicher, ob es überhaupt schon eine Telefonverbindung im Ort gebe.

Der Wirt griff hinter sich und schob ihm eine grünes Telefon mit Wählscheibe hin.

Der Fremde prüfte die Länge der Schnur und murmelte: »Was ist da im Nebenraum? Kann ich mal da rein?«

Wortlos öffnete der Wirt eine hölzerne Schiebetür und schaltete das Licht an. Eine Art Küche mit heruntergelassenem Rollladen. Wegen der Hitze. Die runde Neonröhre in der Deckenlampe surrte.

Er zog die Tür zu, so weit es die Schnur zuließ, und dann wählte er. Frankfurter Vorwahl, und dann die Nummer von Bügel.

Bügel klang, als schwimme er in Pudding: »Frenzen? Bist du das?«

»Bin ich.«

»Scheiße, ist das heiß, Frenzen. Ich laufe echt aus. Wo bist du?«

Frenzen nannte den Ortsnamen.

»Nie gehört.«

»Ist wahrscheinlich auf keiner Karte drauf. Ich will hier wieder weg.«

»Ich hab versucht, dich auf dem Handy anzurufen«, hauchte Bügel. Frenzen konnte sich vorstellen, wie er schwitzte. Nicht schön, der Anblick.

»Kein Empfang«, sagte er knapp. Und dann senkte er die Stimme. »Das sind alles Halbaffen hier. Also los, sag mir, wer und wann.«

Bügel stöhnte fast schmerzhaft auf. »Ist es da auch so heiß?«

»Ja, hier ist es auch so heiß. Sag mir, wer und wann. Und eins sag ich dir direkt: Zwei oder drei Stunden. Länger bleibe ich hier nicht.«

»Er kommt aus Luxemburg. Oeslinck. Frederic Oeslinck. Ich rufe ihn jetzt an, dann fährt er los.«

»Ich bin froh, wenn ich es los bin.«

»Oeslinck ist froh, wenn er es hat.«

»Ich bin hier in einer Kneipe. Gibt nur eine. Zwei Stunden.«

»Ich sage ihm, er soll Dampf machen.«

Nachdem Frenzen aufgelegt hatte, ging er zurück in die Kneipe. In einem Durchgang zur Linken wurde am Fuße einer Treppe kurz ein weißlicher Körper sichtbar. Helle Haut, zertrennt von den schmalen Streifen eines roten Bikinis. Lange, blonde Haare und zwei pralle Hinterbacken. Sie huschte die Treppe hinauf.

»Und mach deine Hausaufgaben!«, schrie der Wirt.

Zur Antwort knallte irgendwo über ihnen eine Tür.

»Noch ein Bier. Ich muss warten.« Jetzt sah er durch das farbige Buntglasfenster der Kneipe wieder die beiden Typen, die um sein Auto herumhampelten. Das reichte jetzt.

Er öffnete die Kneipentür und trat in die Hitze hinaus. Der eine war fett und hatte schmieriges schwarzes Haar und einen Schnurrbart. Auf seinem gelben T-Shirt stand *Ich kann auch ohne Spaß Alkohol haben*. Der andere trug eine fette Hornbrille und hatte den Kopf kahl rasiert. Zwei ausnehmend hübsche Burschen. Beide Anfang zwanzig, schätzte Frenzen.

»He!«, rief Frenzen. »Aufgepasst mit der Karre.«

Sein Auto war nichts Besonderes. Ein drei Jahre alter metallicgrüner Mitsubishi. Schön unauffällig. In Köln hatten sie ihm eine Radkappe geklaut und die Antenne abgeknickt.

Was im Kofferraum war, machte ihn viel nervöser.

»Ist das Ihrer?«, fragte der Brillentyp. »Ist ja 'n Navi drin.«

Frenzen nickte und dachte: Braucht man hier auch.

»Das kriegen wir auch mal!«, krähte der Bierbauch und deutete auf die andere Straßenseite. »Für unser Bondauto.«

»Bondauto?« Frenzen betrachtete die zusammengeflickte Karre mit Abscheu. Ein alter Saab. Sie hatten ihn offensichtlich mit der Filzrolle lackiert. Der Rost kam bereits wieder durch.

»Wir sind James Bond.«

Der andere schob die Brille auf dem Nasenrücken höher, indem er mit zwei Fingern auf die Gläser drückte. »Ich bin Roger Moore.«

»Klar«, Frenzen nickte abwesend. Er deutete mit dem Kinn auf den Dicken. »Und du Sean Connery. Schon gehört.«

»Hat M das verraten?«

»M?«

»M ist unser Boss. Da in der Kneipe.«

»Und haben Sie auch schon Moneypenny gesehen?«

»Lange blonde Haare?«

»Und geiler Hintern. Das ist Moneypenny.« Der bebrillte Roger Moore ließ die Zunge raushängen.

Hinter Frenzen drückte sich der Wirt durch die halb offene Tür und wischte seine Hände mit einem Spültuch. »So, gut jetzt, ihr Arschnasen. Finger von dem Auto!«

»Jawohl, M!«, riefen sie im Chor.

Frenzen schüttelte fassungslos den Kopf. Was für Idioten.

M stieg die Stufen zur Straße hinunter, ging an der Hausfront entlang zu einem Metalltor. Als er es öffnete, quietschte es in den Angeln. »Fahren Sie ihn hier rein. Sonst machen Ihnen die Heinis noch was kaputt.«

Frenzen hielt das für eine glänzende Idee.

»Moneypenny!«, grölte der Dicke plötzlich die Fassade empor. »Zeig mal deine Stempelkissen!«

Als Frenzen zu seinem Auto ging, hob er kurz den Kopf und sah ein rundes Gesicht mit einer spitzen Nase, eingerahmt von einer blonden Mähne. Sie zeigte den beiden Bonds den Mittelfinger.

»Kommen Sie dann hinten rum rein«, sagte der Wirt und schloss, als er seinen Wagen langsam hineingelenkt hatte, das Tor hinter ihm.

In dem kleinen, gepflasterten Hof roch es nach Abfällen. Die Fliegen hockten zu Hunderten auf der heißen Bruchsteinfassade. Über drei Metallstufen gelangte er ins Haus zurück. Die Schnüre des Vorhangs, die die Fliegen draußen halten sollten, sahen aus wie zwei Meter lange Raupen.

Zur Linken ging es die Treppe hinauf, über die Moneypenny verschwunden war.

Oben wummerte Discomusik.

Er ging geradeaus zurück in den Schankraum.

»Haben Sie Hunger?«, fragte der Wirt.

Vor der Theke stand ein neuer Gast. Er war alt, klein und weißhaarig und reichte kaum über die Theke.

Frenzen nickte ihm zu.

»Q.« Der Wirt zapfte ein neues Bier.

»Was?«

»Unser Schlosser. Die zwei Flitzpiepen da draußen nennen ihn Q. So wie den Typen, der Bond immer die neuesten Waffen besorgt. Er hat ihnen ihre Rostlaube zusammengelötet.«

Der Alte lachte keckernd und schlürfte sein Bier.

»Also, was essen?«

»Was gibt's denn?«

»Rouladen, Schnitzel oder Spiegelei.«

Frenzen dachte an die vielen Fliegen und sagte: »Spiegelei ist okay. Drei Stück.«

Der Wirt stellte ihm das Bier hin und verschwand hinter der Rolltür.

Ein neuer Gast kam. Groß, fett, blutunterlaufene Augen. Er grüßte knapp und bediente sich hinter der Theke selbst.

»Ich hol mir 'n Schnaps!«, brüllte er in Richtung Küche, griff nach der klaren Flasche und schüttete sich einen ein. »Scheißhitze«, stöhnte er. »Verdammte Scheißhitze.«

Der Alte kicherte nur und nickte heftig.

Und er?, dachte Frenzen. Wer ist er? Noch eine Bond-Type? Der fette Mann stierte ihn ungeniert aus seinen blutunterlaufenen Augen an. Sein weißes T-Shirt war am Hals fast braun.

Frenzen drehte sich weg und trank sein Bier.

Draußen knallte es plötzlich. Nicht sehr laut, keineswegs bedrohlich, und doch griff Frenzen unwillkürlich in sein Jackett. Doch, die Knarre war noch da. Alles im Senkel.

»Die elenden Penner!«, brüllte der Fette, rannte zur Tür zurück und riss sie auf. »Das Luftgewehr weg, ihr Blödmänner! Ihr habt wohl 'nen Hitzschlag, hier rumzuballern!«

»Wir sind im Einsatz!«, krähte Sean Connery zurück. »Blofeld suchen. Dem schießen wir das andere Auge auch noch aus.«

Blofeld, der berühmte Bond-Bösewicht. Soso.

Der fette Mann knallte die Tür zu und schüttete sich noch einen Korn ein. »Blofeld. Die sind doch völlig Banane.«

Frenzen rutschte vom Barhocker, ging zu einem der Tische und ließ sich nieder. Schon eine halbe Stunde hing er hier rum. Wurde Zeit, dass er wegkam. Wenn dieser Luxemburger die zwei Taschen umgeladen hatte, würde er das Dreckskaff nur noch im Rückspiegel sehen. Und diese Idioten hier würden den Staub fressen, den er aufwirbelte.

Es dauerte nicht lange, und der Wirt kam mit den Spiegeleiern. Schweißperlen standen ihm auf der Stirn. Frenzen rieb sich die Mundwinkel. Das Besteck war leidlich sauber, die Eier waren okay. Es tat gut, was in den Magen zu kriegen.

Er aß mit Heißhunger und rülpste hinterher entspannt.

»Runde«, japste der fette Mann und beschrieb einen Kreis mit einem seiner Wurstfinger.

Der Wirt kam mit einem Schnaps an Frenzens Tisch. »Vom Metzger.«

Frenzen prostete ihm zu und schluckte die klare Flüssigkeit. Vorsichtshalber bestellte er noch einen Kaffee. Er musste klar bleiben. Fünfhunderttausend in kleinen, nicht durchgehend nummerierten Scheinen waren kein Pappenstiel. Ob er noch mal nach dem Auto gucken sollte?

Erst musste er mal aufs Klo.

»Hier unten ist die Spülung kaputt«, sagte der Wirt. »Treppe hoch, zweite links.«

Auf der Treppe klebte jahrzehntealter Teppichboden. Es roch überall muffig. Im oberen Stockwerk war es schummrig. Die zweite links war eine Holztür mit einem kleinen Milchglasfenster, durch das ein wenig Licht in den Flur drang. Er öffnete sie und guckte in ein Badezimmer, an dessen Fenster der Rollladen halb heruntergelassen war.

Ein Quieken kam aus dem Halbdunkel. Sie saß auf der Toilette. Der untere Teil ihres roten Bikinis ringelte sich um ihre Fußknöchel.

Frenzen taumelte zurück in den Flur und murmelte: »'tschuldigung.«

Es gab nicht viele Dinge, die ihm peinlich waren. So was schon. Verunsichert betrachtete er im Flur die Bilder an den Wänden. Kalenderbilder vom Königssee, von einer friesischen Dünenlandschaft, in billigen, rahmenlosen Bildhaltern. Ein paar Momente später hörte er die Klospülung, und die Tür öffnete sich.

Sie stand im Rahmen, und ihr blondes Haar floss um ihr rundes Gesicht wie ein Wasserfall. Ihre großen Brüste waren teigweiß und der Bikini spannte sich darüber wie ein blutiges Tuch. Die Stempelkissen von Miss Moneypenny.

»Das Klo unten ist kaputt«, sagte er heiser.

»Hier fehlt der Schlüssel«, sagte sie missmutig.

Als er an ihr vorbei ins Badezimmer gehen wollte, streifte er mit dem Arm ihre Brust.

Es traf ihn wie eine Hitzewelle, die sich von draußen aus dem brüllend heißen Sommertag durch einen Fensterspalt hineingezwängt hatte und ihn jetzt frontal ansprang. Er blieb stehen, wandte ihr das Gesicht zu und sah ihren trotzigen Blick.

»Das sind Idioten da unten«, sagte er. »James Bond. Die spinnen doch, oder?«

Sie nickte langsam. »Das sind Kinder. Die wissen nicht, wie's geht.« Dann nahm sie seine Rechte und legte sie auf ihre linke Brust. »Schnell, ich muss noch Hausaufgaben machen.«

War sie schon achtzehn? Das war ihm plötzlich egal, als sie das Unterteil des Bikinis wieder über ihre fleischigen Schenkel nach unten streifte.

Als er später wach wurde, lagen ihre Haare über seinem Bauch. Er starrte an eine Zimmerdecke, unter deren fleckiger Raufasertapete sich Beulen und Dellen abzeichneten.

Ein Mädchenzimmer. Bunte, abgeschabte Aufkleber auf den Schranktüren, Poster von Popstars.

Sie lag völlig verkrümmt da, ihr runder Hintern lag halb auf den Füßen voller Hornhaut. Ihr Rücken hob und senkte sich gleichmäßig.

Er spürte seinen Puls wie Kanonendonner durch seine Adern wummern. Wie konnte er nur einschlafen! Ihr Vater! Die Zeit! Sein Treffen! Und dann hörte er, wie in der Ferne ein Wagen gestartet wurde.

Er wand sich unter ihr heraus, stolperte, als er aus dem Bett sprang, über seine Schuhe, strauchelte zum Fenster.

Durch die Gardine sah er Sean Connery und Roger Moore, die auf der Straße herumhüpften und einem Auto nachwinkten, das sich langsam auf der Dorfstraße entfernte.

Ein Luxemburger Kennzeichen!

Wie ging dieses Scheißfenster auf? Er ruckte am Griff. Die Scheibe zitterte im morschen Kitt, aber das Fenster klemmte. »He!«, rief Frenzen schrill. »He, verdammt, hier!« Der Wagen war schon fast nicht mehr zu sehen.

Als die Scheibe aufschwang, drehten die James Bonds ihre Köpfe simultan zu ihm hinauf.

»Guck mal da!«, krähte der eine. »Blofeld. Geil!«

Frenzen zurrte den Gürtel halbwegs zu und stopfte, während er in seine Schuhe sprang, das schweißnasse Hemd in die Hose.

Das Mädchen war aufgewacht und drehte den Digitalwecker auf dem Nachttisch so, dass sie die Uhrzeit sehen konnte.

Vier Uhr! Eine Stunde verloren!

»Scheißdreck«, knurrte sie. »Hausaufgaben.«

Frenzen stolperte aus dem Zimmer, flog beinahe die Treppe hinunter und in die Wirtsstube hinein.

Die Männer starrten ihn an. In ihren wässrigen Augen spiegelten sich Neugier und Lüsternheit. Der Wirt spülte immer noch Gläser. Er sah Frenzen nicht an und murmelte nur: »Bisschen lange auf dem Pott gesessen, was?«

Frenzen strauchelte ins Freie. Hinaus in die Hitze. Die beiden Schwachköpfe lehnten an ihrer schäbigen Karre und grinsten übers ganze Gesicht.

Von dem Auto des Luxemburgers war längst nichts mehr zu sehen. Die blassen Staubwolken in der Luft konnten von überall herkommen. Frenzen machte noch ein paar unbeholfene Schritte in die Richtung, in die er den Wagen hatte verschwinden sehen, dann blieb er keuchend stehen und versuchte zum wiederholten Male, den Gürtel seiner Hose zu verschließen.

Rechts von ihm wurde ein Fenster geräuschvoll geschlossen. Zu seiner Linken donnerte ein Rollladen herunter.

In diesem Moment stach ihm etwas ins Ohr.

Ein Insekt.

Etwas ganz Großes. Der Schmerz brandete heiß durch seine rechte Ohrmuschel, und als er instinktiv mit der Hand dorthin griff, färbte sie sich rot.

Frenzen taumelte herum. Er wusste nicht, was er zu sehen erwartete. Zuerst erkannte er in der flimmernden Hitze das Mädchen. Moneypenny. Sie lehnte im Fenster ihres Zimmers und rauchte.

Frenzen wischte sich die Mundwinkel. Das Schlucken tat weh. Sein Mund war trocken wie die Wüste Gobi. Sein Ohr brannte wie Feuer. Die Hand leuchtete glänzend rot.

In der Tür der Kneipe standen die Männer. Der alte Schmied, der Wirt und der fette Metzger.

Die beiden Bonds stiegen in ihren rostigen Wagen.

Sein Wagen! Er musste hier weg. In der Luft lag knisternd und schmorend etwas, das sich zu einem Gewitter zusammenballen könnte. Oder zu etwas Schlimmerem ...

Sean Connery saß auf dem Beifahrersitz. Er hielt die Rechte aus dem Autofenster, und Frenzen hörte, wie er und sein Bruder gegen den aufdröhnenden Motor anwieherten.

Als Frenzen in der Hand das Luftgewehr wahrnahm, ahnte er erst, dass es kein Insekt gewesen war, das ihn am Ohr verletzt hatte.

Sein Jackett lag im Zimmer. Sein Jackett mit der Waffe.

Er musste weg, durfte keine Zeit verlieren, musste den Wagen aus dem Hof holen und sich schleunigst aus dem Staub machen.

Im selben Moment traf ihn ein weiteres Geschoss. Den Schuss hörte er kaum. Es bohrte sich in seinen linken Oberschenkel und ließ ihn schrill aufschreien.

Die Männer auf dem Treppenabsatz vor dem Wirtshaus lachten dröhnend, und Miss Moneypennys Fenster wurde geschlossen. Frenzen glaubte noch, ihren weißen Körper dahinter zu erkennen, als der Wagen startete.

Aus den geöffneten Autofenstern dröhnte dumpf und bedrohlich die James-Bond-Musik, vermischt mit dem wiehernden Gelächter der beiden Brüder. »Blofeld!«, krakeelten sie.

Dann schoss der Wagen unerwartet schnell auf ihn zu.

* * *

Der Luxemburger starrte kopfschüttelnd auf sein Handy. Kein Empfang. Durch das Buntglasfenster der Gaststätte beobachtete er die Schemen der beiden schrägen Gestalten vor dem Haus, die in ihrem verbeulten alten Saab mit einem Navigationsgerät herumspielten und wie zwei Vorschulkinder kicherten.

Er musste Bügel anrufen, ganz dringend. Von diesem Frenzen war weit und breit nichts zu sehen. Nicht auszudenken, wenn er mit der Kohle durchgebrannt war.

Er hatte ihn am Vorabend gesucht, hatte in einem Nachbardorf übernachtet und war jetzt wieder zurückgekehrt. Ein Missverständnis konnte das nicht sein.

Der Typ hatte sie gelinkt.

Oeslinck traute keinem einzigen Deutschen.

Sein Magen knurrte.

Als hätte er das gequälte Geräusch gehört, fragte der unrasierte Wirt vom Tresen her: »Haben Sie Hunger?« Er stand dort mit zwei anderen Männern und kritzelte augenscheinlich komplizierte Rechnereien auf Bierdeckel.

Oeslinck wiegte den Kopf hin und her.

»Lecker Schweinebraten?«

Der Luxemburger nickte. Warum nicht. Er musste sich stärken, bevor er Bügel anrief.

»Ganz frisch.« Der Dicke mit dem weißen T-Shirt sah aus wie ein Metzger. Der andere, ältere, versuchte, sich den öligen Dreck unter den Fingernägeln herauszupulen.

Die Kneipe war wirklich schäbig, aber das Pils war gut. Fliegen summten durch die Luft. Zur Linken hing der obligatorische Pokalschrank. Drumherum waren Trophäen drapiert worden.

Die drei silbernen Schalen sahen aus wie zerbeulte Radkappen.

Stille Nacht

Stille Nacht
Grausige Nacht
Alles schläft,
einsam wacht
der Pensionswirt zum güldenen Stier
bohrt sein Messer in Gast Nummer vier.
Nur der Vollmond schaut zu.
Nur der Vollmond schaut zu.

Stille Nacht
Grausige Nacht
Alles schläft,
einsam wacht
die Bankiersfrau beim toten Gemahl,
den sie seines Schrittmachers bestahl.
Drückt die Augen ihm zu.
Drückt die Augen ihm zu.

Stille Nacht
Grausige Nacht
Alles schläft,
einsam wacht
nur der Lehrling in der Schreinerei,
trennt mit der Säge den Meister entzwei.
Summt ein Liedchen dazu.
Summt ein Liedchen dazu.

Stille Nacht
Grausige Nacht
Alles schläft,
einsam wacht.
Die Novizin, den Lüster im Griff,
über der Oberin im Kirchenschiff
Wischt das Blut sich vom Schuh.
Wischt das Blut sich vom Schuh.

Stille Nacht,
Grausige Nacht
Alles schläft,
einsam wacht
der heut dies Gedicht an dich schreibt
dessen Messer im Dunkel verbleibt.
Schlaf in himmlischer Ruh.
Schlaf in himmlischer Ruh.

Von Menschen und Waffen

Kennst du *Bonnie und Clyde*?«, fragte Bernd und ließ die Hand behutsam über den kalten Lauf der Flinte streichen. Elfi guckte ihn fast ein bisschen eifersüchtig an. Er war zu dem Gewehr manchmal zärtlicher als zu ihr. Er hatte es von seinem Großvater geerbt, der einst als leidenschaftlicher Jäger durch die Eifelwälder gezogen war. Bernd streichelte das Ding immer nur und fummelte dran rum und polierte und wienerte es. Geschossen wurde eigentlich nie. Es war fast so wie bei ihrem Sex. Sie hauchte von innen auf die Scheibe der Beifahrertür und malte dann ein Herz mit dem Finger. »Wie heißen die?« »*Bonnie und Clyde.*« »Kenn ich nich. Wer issn das?« »Gaunerpärchen aus Amerika.« »Hat's bei denen geklappt?« Bernd umklammerte die Waffe und hauchte in seine kalten Hände. In der zurückliegenden Stunde hatte er Elfi unweigerlich verloren, das spürte er deutlich. Das Ding mit der Sparkasse war gründlich schiefgelaufen. Anstatt hineinzurennen und loszuballern, so, wie er es lang und breit angekündigt hatte, war er auf dem Fahrersitz seines alten Fiesta sitzen geblieben und war plötzlich von einem regelrechten Heulkrampf geschüttelt worden. Und Elfi hatte nur neben ihm gesessen, hatte in den düsteren Winterabend hinausgestarrt und gemurmelt: »Hab ich doch gewusst.« Er liebte seine Waffe, und er war sich sicher, dass er große Dinge damit zu verrichten imstande war. Aber immer dann, wenn es darauf ankam, verließ ihn der Mut. Jetzt saßen sie immer noch in seinem Auto und beobachteten, wie die letzten Menschen sich verstreuten, wie es jedermann plötzlich sehr eilig hatte, nach Hause in den Schoß der Familie zu kommen. Heiligabend. Friede, Freude, Eierpunsch. »Bring mich nach Haus«, maulte Elfi. »Ich hab die Schnauze voll.« Sie krakelte ein Hakenkreuz über das Herz. »Du ödest mich an.«

»Und jetzt ist Schluss mit Genuss«, knurrte Dures und schleuderte die leere Steinhäger-Flasche in den Papierkorb neben der Parkbank. Er traf genau. Nicht, dass er daran gezweifelt hätte. Mit Zielwasser traf er immer besser. In der Tasche des dämlichen roten Mantels ertastete er den Revolver. Das Ding war gut. Hatte er einem Türken abgekauft. Hoffentlich behinderte ihn seine blöde Montur nicht. Für einen Augenblick überlegte er, ob es nicht ratsam wäre, sich das Nikolauskostüm vom Leib zu reißen und einfach in die nächste Mülltonne zu stopfen. Aber es war arschkalt, und einen anderen Mantel hatte er nicht dabei. War ja auch irgendwie lustig, wenn er das jetzt im Kostüm durchziehen würde. Die Klamotten hatte er im Kaufhaus bekommen, wo er vier Wochen lang den Kinderfreund gespielt hatte. Vier Wochen lang hatte er mit seinem Kartoffelsack da rumgestanden und Süßigkeiten verteilt. Und jeden Abend hatte er sich dann zügig ins Koma gesoffen. Und heute war Heiligabend, und der Job war endlich gelaufen. Und jetzt wollte er nur noch heim. Er summte *»Heute kommt der Weihnachtsmann ...«* und schlug den Weg zu ihrer Wohnung ein. Und unter dem weißen Kunsthaarbart kämpfte sich ein böses Lächeln auf seine spröden Lippen. Das würde eine Überraschung für sein Liebchen werden. Für Rosi, für das kleine, ängstliche Ding mit den rot geweinten Augen und der verschmierten Wimperntusche, das es gewagt hatte, ihn zwei Wochen vor Weihnachten einfach vor die Tür zu setzen. »... *kommt mit seiner Wumme* ...« Er würde ihr das Ding zwischen die Augen halten und sagen: »Bescherung.« Ihn setzte man nicht so einfach vor die Tür. Die würde so was nie mehr mit ihm machen. Mit ihm machte man so was nicht! Er kicherte, als er daran dachte, dass man auf dem roten Mantel die Blutspritzer nicht so sehen würde. Als er das Mehrfamilienhaus am Stadtrand erreicht hatte, ging er bis zu den Sträuchern, die den Fassadensockel säumten, und blickte hinauf. Dritter Stock. Das war zu schaffen. Auch mit einer Flasche Steinhäger. »Du warst nicht artig, du kleines Miststück. Du warst ganz schön böse«, flüsterte er, warf den Sack in die Büsche, griff nach dem Regenrohr und machte sich an den Aufstieg.

Als eine rot glänzende Kugel von ihrem schwachen Zweig des Tannenbaums rutschte und auf dem Boden zersplitterte, sprang Rosi mit einem leisen Schrei auf und lief zum Sideboard. Das Licht des Fernsehers warf tanzende Schatten auf die Wände. Ihr Atem ging schnell, als sie mit zitternden Händen die kleine Pistole aus der Schublade holte. Er war da. Er kam zurück, und er würde ihr etwas antun. Langsam hob sie die Waffe und hielt sie mit beiden Händen weit von sich, mit dem Lauf in Richtung Wohnungstür gerichtet. Das Türschloss hatte sie auswechseln lassen, aber trotzdem hatte sie Angst. Dures war alles zuzutrauen. Wenn ihn die Wut packte, würde er womöglich die Tür einfach eintreten. Kein Knochen in ihrem Leib, den er ihr nicht schon mal gebrochen hatte. Seine scheußliche Pistole war alles, was sie von ihm behalten hatte. Eine Pistole mit einer einzigen

Kugel im Magazin. Seine restlichen Klamotten hatte sie in ihrer Verzweiflung vom Balkon auf den Gehweg geschmissen. Sie hatte zwar keine Ahnung, wie sie mit dem Ding in ihrer Hand umgehen musste, aber es gab ihr ein schwaches Gefühl von Sicherheit. Eine einzige Kugel – das war nicht viel. Ob ihn das aufhalten konnte? In diesem Moment trat sie mit dem nackten rechten Fuß mitten in die Splitter der Christbaumkugel. Sie schrie auf, ihre Finger krümmten sich, und augenblicklich löste sich ein Schuss, und Putz rieselte irgendwo von der Zimmerdecke. Als sie wenig später auf dem Boden saß und sich die Splitter aus der Ferse zupfte, bemerkte sie nicht den rot ummantelten Arm, der sich langsam über das Balkongeländer schob.

Bernd drehte den Motor hoch. Die Tränen standen ihm in den Augen, als er durch die Vorstadt raste. Sie hatte ihm nicht mal einen Abschiedskuss gegeben. Keine Frage, die Nummer mit Elfi war durch. Er schoss über rote Ampeln und fuhr durch eine Einbahnstraße. Kein Schwein war mehr unterwegs. Alle hockten vorm Weihnachtsbaum. Er griff nach der Flinte auf dem Beifahrersitz. Er konnte das. Er konnte schießen! Scheißweihnachten! Er kurbelte die Scheibe runter und schrie laut los. Und dann begann er, auf die blöden Plastikweihnachtsmänner zu schießen, die überall mit grotesk verrenkten Gliedern die Hausfassaden hinaufkletterten.

Nacht zusammen

Natürlich konnte mir nicht verborgen bleiben, was euch umtreibt. Ich habe in euren Gesichtern lesen können. Ich habe über den Rand des Krankenhausbetttuchs eure Bewegungen verfolgt, eure Hände beobachtet. Ich habe gesehen, wie sie nicht vorhandene Fläschchen entstöpselten, wie sie den Tropf zudrehten und wie sie Unordnung ins Pillentablett brachten. Gezittert haben eure Hände, gefuchtelt und gefingert. Natürlich habt ihr all das nicht wirklich getan. Dazu seid ihr viel zu feige, alle miteinander. Aber ihr habt es im Geiste durchgespielt. Wieder und wieder.

Habt mir den Hahn abgedreht.

Habt mir das Licht ausgepustet.

Habt mir den Löffel aus der Hand genommen.

Nun, wie es auch sei. Vermutlich wird euch der Schöpfer diese Arbeit abgenommen haben, weil er es auch nicht mehr mitansehen konnte. Eure zitronensauren Mienen, eure flehentlichen Blicke zum Monitor, eure bebenden Lippen, die Zahlenkolonnen murmelten, und eure Augäpfel, in denen sich Dollarzeichen widerspiegelten.

Irgendwas wird schon passiert sein, denn sonst säßet ihr jetzt nicht hier, in den Räumen des Notariats Klopstock und Klopstock, und würdet an den Lippen von Dr. Friedhelm Klopstock kleben, der euch mit der seinem Beruf angemessenen Steife diesen letzten Gruß von mir vorträgt.

Gerta, mein teures Eheweib. Werde ich dir sehr fehlen? Wenn ich deinen Worten Glauben schenken darf, ganz gewiss.

Dein Abonnement beim plastischen Chirurgen in Düsseldorf wurde ja bislang per Dauerauftrag von meinen Konten bezahlt. In Zukunft wird sich etwas anderes finden müssen, denn meine Konten existieren von nun an nicht mehr. Nun wirst du vor Schreck deine Augen weit aufreißen. Schade, dass du sie gar nicht mehr richtig zubekommst, weil dir die Kopfhaut längst im Nacken so straff verknotet worden ist wie ein Luftballon auf einem Kindergeburtstag.

Lange habe ich beobachten müssen, wie dir in unserer kleinen Stadtwohnung deine beiden jugendlichen Freunde aus Griechenland und Spanien das Leben sauer machten. Das Gefühl, dass sie dich auch nach meinem Ableben fortan körperlich geradezu auszulaugen gedachten, hat mich nicht ruhen lassen, und so habe ich mir die Freiheit herausgenommen, sie in ihre Heimatländer zurückspedieren zu lassen.

Sicherlich wird dich der Gedanke, nach meinem Tode allein in unserer prachtvollen Villa zu leben, gequält haben. Du wirst sicher eine Weile lang schwarz tragen wollen und möchtest zur Besinnung Stille und Frieden genießen. Daher habe ich das gesamte Anwesen noch zu Lebzeiten an den Orden der Schwestern vom Heiligen Blut übergeben, die dir dabei helfen werden, Erbauung und Trost zu finden.

Deine bislang im Banksafe beheimateten Preziosen haben sie im Namen bedürftiger schwarzafrikanischer Heidenkinder dankbar entgegengenommen.

Keine Sorge wegen der aufgelösten Konten! Ich habe in weiser Voraussicht das Geld bestens für euch angelegt.

Friedel, mein ältester Sohn, du warst mir immer der Teuerste. Und dies meine ich wahrhaftig im reinsten Sinne des Wortes. Wer fünfundvierzig Jahre in Saus und Braus lebt, ohne einen einzigen Finger zu krümmen, der verdient unser aller aufrichtige Hochachtung. Deinen Anteil am Erbe habe ich in eine Reihe von Grundstücken investiert, die im Rahmen einer möglichen zukünftigen Zusammenlegung nahezu eine Gesamtfläche vom Umfang des Landes Liechtenstein ergäben. Als Bauland sind diese Areale noch nicht ausgewiesen, aber die Behörden sind allem aufgeschlossen, wenn man die Sitten und Gebräuche ihres Landes respektiert. Die Erschließungskosten werden nicht unerheblich sein, aber dafür ist die geografische Lage hübsch zentral einzuordnen, die Gegend ist nicht gerade übervölkert, und an Bausand wird es im Falle einer Besiedlung nicht mangeln. Du wirst von nun an der Besitzer eines gigantischen Areals inmitten der Wüste Negev sein.

Oliver, mein zweitgeborener Sohn, sicher wird sich jetzt der Neid in deine Züge stehlen, aber auch an dich ist natürlich gedacht worden. Auch du wirst von nun an stolzer Großgrundbesitzer sein. Die Golanhöhen und der Gazastreifen sind zwei lebhafte Fleckchen Erde, und es hat mich Unsummen und monatelange Überredungskunst gekostet, den Besitzern in den beiden Regionen ein paar Filetstücke abzuschwatzen. Mit der Bebauung solltest du warten, bis sich die politischen Verhältnisse endgültig aufgeklärt haben, aber in der Zwischenzeit rate ich zu extensiver Aufzucht von Kichererbsen oder ähnlichen Strauchgewächsen, die dort vorzüglich gedeihen sollen.

Beate, meine einzige Tochter. Du warst von jeher Vaters Augenstern. Auch deinen Ehemann, dessen berufliche Karriere man wohl mit »glücklos« bezeichnen könnte, und deine beiden über alle Maßen unkonventionell aufgezogenen Kinder habe ich tief in mein krankes Herz geschlossen.

Das Gestüt, dessen Leitung dir nun schon vor siebzehn Jahre, übertragen worden war und das euch bislang ernährt hat, ist betrüblicherweise am Tage meines Ablebens in andere Hände übergegangen. Welche Gründe mich dazu getrieben haben, alles der Rossschlächterei Nussbaum zu überschreiben, kann ich jetzt nur schwer darlegen. Es entzieht sich auch meiner Kenntnis, welche Verwendung der neue Eigentümer Gebäuden und Tieren zugedacht hat. Fest steht nur, dass er dir als kleine Aufmerksamkeit eine monatliche Lieferung von zehn Kilo Dauerwurst bis zur Volljährigkeit deiner Kinder zukommen lassen wird.

Das Geld aus dem Verkauf aber habe ich vorzüglich in den Ankauf eines kleinen Handwerksbetriebs fließen lassen, dessen Leitung deinem überaus fähigen Ehemann mit dem heutigen Tag übertragen wird. Als Akademiker wird es ihm sicher eine Freude sein, im spannenden Kanalreinigungsgewerbe einmal richtig »mit anfassen« zu können.

Mein teurer Bruder Vinzenz! Deine Leidenschaft für Autos hat mich immer fasziniert. Was für mich ein Fortbewegungsmittel war, war für dich ein Fetisch. Deiner geradezu religiösen Verehrung möchte ich Rechnung tragen, indem ich dir meinen Maybach 57 vermache und meinen Ferrari 575M Maranello. Da du mir aber immer besonders nah warst, da du dir aber, um in meiner Nähe zu sein, stets einen geregelten Beruf und eine feste eheliche Verbindung versagt hast, habe ich auch noch einen stattlichen Rolls Royce Phantom und einen wunderbar windschlüpfrigen Ferrari 612 Scaglietti beschafft, die auch künftig dein Eigen sein sollen. Natürlich weiß ich, dass du zurzeit nicht im Besitz eines gültigen Führerscheins bist, und aus diesem Grund habe ich dir die Fahrzeuge als Ausstellungsstücke zu vier hübschen Würfeln für Dein Wohnzimmer pressen lassen.

Meine liebe Schwester Viviane. Dein Leben war für dich mit deinen zahlreichen quälenden Allergien bislang wahrlich kein Zuckerschlecken. Durch die neue Nutzung unserer Villa musst du dich nun aber umorientieren.

Doch ich habe nichts dem Zufall überlassen.

Ich habe dir ein traumhaftes Häuschen im ländlichen Idyll gekauft. Die Vorbesitzer, zwei gut beleumundete Senioren mit zwei Pudeln, sieben Siamkatzen und drei Wellensittichen, haben sie besenrein übergeben. Mit Flokatis und Plüschsofas und allem, was du brauchst, um es dir gemütlich zu machen. Das Haus ist umgeben von einem wahren Blütenmeer und altem Birken- und Haselnussbestand. Die Schimmelflecken an den Wohnzimmerwänden lassen sich leicht wegdekorieren, und in der Nachbarschaft bekommst du frische Milchprodukte und fangfrischen Fisch.

Alle Obligationen und andere Anlagen, Aktien und diverse Firmenanteile werden in den nächsten Tagen liquidiert werden und mit dem, was noch an Devisen verblieben ist, zum Bau einer epochemachenden Gefriertruhenfabrikation im Polarmeer zusammengetragen, aus deren Erlös jedem von euch jährlich eine stattliche Leibrente ausgezahlt werden wird.

Den Learjet hinterlasse ich dem Notar, der all meine Angelegenheiten zu meiner vollsten Zufriedenheit geregelt hat.

Das Chalet in der Schweiz bekommt mein Arzt, der mit Argusaugen darüber gewacht hat, dass ich keinen Tag zu früh diese Welt verlasse.

Die Yacht in San Remo bekommt der Inhaber des Bestattungsunternehmens, der mit viel Einsatz dafür sorgen wird, dass das Grab besonders pflegeleicht gestaltet wird. Ihr habt genug Mühe mit mir gehabt.

Nun hoffe ich, euch alle ausreichend bedacht zu haben. Euch, die ihr meine letzten Lebenstage so sorgenvoll begleitet habt.

Ich hoffe, ihr werdet meiner in eurem neuen Umfeld gedenken.

Nacht zusammen.

Weihnachtsgedicht der Brigitte L. (56)

Niklaus komm in unser Haus,
räume unsren Geldschrank aus.
Nimm die Münzen, das Papiergeld,
alles, was Dir in die Hand fällt.

Brich die morschen Blechscharniere,
spreng sie einfach weg, die Türe.
Mach dabei gehörig Krach,
denn dann wird mein Erich wach.

Von der Neugier angetrieben,
bleibt er sicherlich nicht liegen.
So was lässt ihm keine Ruh,
während ich wie schlafend tu.

In der Stube dann, am Christbaum,
wird sich Erich vor Dir aufbau'n.
Du wirst ahnen, was geschieht,
wenn er Deine Beute sieht.

Ohne Waffe, hör gut zu,
hat er viel mehr Angst als Du.
Er ist nicht besonders kräftig.
Also, Niklaus, wehr Dich heftig!

Hau ihm dann bei Kerzenlicht
Den Adventskranz ins Gesicht.
Gib's ihm mit der Christbaumspitze,
dass das Blut im Bogen spritze.

Würg ihn mit der Lichterkette,
dass er elendig verrecke.
Wenn das Röcheln dann verklungen
Ist mein kleiner Plan gelungen.

Mach Dir nicht gleich in die Hosen.
Nimm zum Dank die Preziosen.
Iss noch ein paar Dominosteine,
und dann ziehst Du besser Leine.

Ist mein Erich wirklich hin,
mach den Abgang im Kamin.
Ich mach morgen dann den Rest.
Danke, Niklaus. Frohes Fest!

KBV-KRIMI

Ralf Kramp

Tief unterm Laub

KBV-Krimi Nr. 11
Taschenbuch, 256 Seiten
ISBN 3-934638-11-2

Ein alter Mann wird überfahren. Nur ein Unfall? Einige Zeit später kommt sein ehemaliger Zivi beim Sturz aus dem Fenster seiner Dachwohnung ums Leben. Selbstmord? Laurentius Bock, Besitzer eines kleinen Copy-Shops, wird unfreiwillig in den rätselhaften Fall hineingezogen. Zusammen mit Lindy, der Freundin des jungen Mannes, versucht er, die Hintergründe der seltsamen Geschehnisse aufzudecken. Die Spur führt in die Eifel, doch auch hier ist die Welt nicht mehr in Ordnung, und das schon seit vielen, vielen Jahren.

»... Wirklich gelungen ... Brillant ... Sehr gut!«
(Jacques Berndorf)

»Kramps brillanter Krimi fesselt bis zur letzten Seite.«
(Das neue Buch / Buchprofile)

Ralf Kramp

Der neunte Tod

KBV-Krimi Nr. 44
Taschenbuch, 256 Seiten
ISBN 3-934638-44-9

Herbie Feldmanns dritter Fall. Er hütet das protzige Haus seiner Tante, und sein ständiger Begleiter Julius ahnt bereits Böses, als Herbie in jener kalten Winternacht einem Obdachlosen Asyl gewährt. Und er behält Recht. Tante Hettis Kostbarkeiten werden bei Nacht und Nebel gestohlen, und Herbie hat seine liebe Mühe, die teuren Stücke wiederzubeschaffen. Das kann er nur, wenn er den Landstreicher auftreibt. Der nennt sich »Mikesch«, wie der Kater, und glaubt, ebenso wie der, neun Leben zu haben und auch neun Tode. Und ganz plötzlich, auf schreckliche Weise, kommt schließlich auch der neunte ...

»... der lokale Meister des schwarzen Humors.«
(Kölner Stadt-Anzeiger)

Ralf Kramp

Still und starr

KBV-Krimi Nr. 51
Taschenbuch, 185 Seiten
ISBN 3-934638-51-1

Marcus Mathei kehrt zurück. Aus seiner gescheiterten Ehe heraus flüchtet er in ein kleines Nest in der Eifel, kehrt zurück an die Stätte seiner Jugend. Dort sucht er Ablenkung vom drohenden Scheidungsdesaster, Erholung von der Stadt und Ruhe von seinem nervenaufreibenden Job in der Werbeagentur, der auf der Kippe steht.
Doch als er in das Dorf zurückkehrt, in dem sich sein Vater, der Dorfarzt, vor Jahren das Leben nahm, wird es nicht nur eine Reise in seine eigene Jugend auf dem Land.
Alles deutet darauf hin, dass mit seiner Rückkehr auch der Tod Einzug in das Dorf hält. Die übel zugerichtete Leiche eines Bahnarbeiters wird gefunden, und es sieht ganz so aus, als würde dies nicht der einzige Tote bleiben.

KBV-KRIMI

Carola Clasen

Tot und begraben

KBV-Krimi Nr. 108
Taschenbuch, 240 Seiten
ISBN 3-937001-03-4

Von einem Tag auf den anderen kostet eine Beerdigung im kleinen, beschaulichen Eifelort Oberprüm nur noch die Hälfte. Kein Wunder, dass die Konkurrenz den Leichenwagen von nun an nicht mehr aus den Augen lässt. Die Bestatter Paul und Peter Schlangensief haben offensichtlich eine todsichere Geschäftsidee entwickelt, dank derer sie allen anderen eine Nasenlänge voraus sind. Zur gleichen Zeit gibt der einsame Witwer Wilden eine Heiratsannonce auf. Als er endlich einen Brief und ein Foto erhält, verliebt er sich Hals über Kopf in die schöne Sybille. Sein Glück scheint perfekt. Doch dann geht es plötzlich mit seiner Gesundheit rapide bergab.

»*... die Handschrift macht Appetit auf mehr!*« (Das Magazin)

»*... die Crime Lady unter den Eifelkrimiautoren*« (Trierischer Volksfreund)

Carola Clasen

Novembernebel

KBV-Krimi Nr. 93
Taschenbuch, 185 Seiten
ISBN 3-934638-93-7

Die Krimiautorin Julia Kirschbauer befindet sich nach einer Lesung in Trier auf einer einsamen nächtlichen Autofahrt nordwärts durch die Eifel.
Nebel ... Angst ...
Man sieht nicht einmal fünf Meter weit. Und dann sind da plötzlich diese grellen Scheinwerfer! Wenige Augenblicke später ist Julia Kirschbauer spurlos verschwunden.
Die Trierer Kommissarin Sonja Senger wird mit dem Fall beauftragt. Gemeinsam mit ihrem undurchsichtigen Kölner Kollegen Roman Zorn begibt sie sich auf die Suche nach der verschwundenen Autorin und entdeckt dabei verborgene Eifler Eigenarten, die selbst der dichte Novembernebel nicht zu verhüllen vermag.

»*Die Queen of Eifel-Crime*«
(Trierischer Volksfreund)

Carola Clasen

Das Fenster zum Zoo

KBV-Krimi Nr. 96
Taschenbuch, 201 Seiten
ISBN 3-934638-83-X

Als der Kölner Zoo am Morgen seine Pforten öffnet, hat die vergangene Nacht grausige Spuren hinterlassen: Im Käfig des Grizzly liegt die zerfetzte Leiche eines jungen Mannes. Der verstümmelte Körper gehört Ben Krämer, einem Fotografen, der im Zoo auf Tippvisite war.
Ist er aus Unachtsamkeit in die Fänge des Bären geraten?
Die Tierpflegerin Nelly Luxem scheint etwas zu verbergen zu haben, und der frisch pensionierte Kommissar und Zooliebhaber Lorenz Muschalik versucht ganz behutsam hinter ihr dunkles Geheimnis zu dringen.

»*Carola Clasen versteht es, mit den klassischen Versatzstücken des Kriminal- und Schauerromans zu spielen.*«

(Kölner Stadt-Anzeiger)

KBV-KRIMI

F. G. Klimmek

Wie die Fliegen

KBV-Krimi Nr. 112
Taschenbuch, 336 Seiten
ISBN 3-937001-07-7

Karl-Heinz Schmidt ist fett und fünfzig. Er mag keine Schwulen, keine Kinder, keinen Knoblauch und keine Hitze. Er liebt Heineken und Jenever. Also ist Holland für ihn das gelobte Land, in dem er als Frührentner im Alkoholdunst vor sich hindämmern kann. Jedenfalls so lange, bis aus unerklärlichen Gründen ein heimtückischer Mordanschlag auf ihn verübt wird, dem er nur mit sehr viel Glück entgehen kann. Schmidt muss bei seinen Nachforschungen feststellen, dass die Leute, denen er dabei begegnet, plötzlich sterben wie die Fliegen. Er braucht ziemlich lange, bis sein Herumstochern ihn mehr zufällig zum Drahtzieher der Verbrechen führt und er erkennen muss, dass ein antiker Schimmelpilz ein mörderischerer Antrieb sein kann als eine schöne Frau.

Jürgen Raap

Ein Koffer aus Bern

KBV-Krimi Nr. 107
Taschenbuch, 288 Seiten
ISBN 3-937001-02-6

Was befindet sich in dem Koffer, den der verkrachte Kölner Detektiv Karl-Josef Bär aus der Schweiz abholen soll? Sein Auftraggeber, der Geheimdienstler Schröder, behauptet, es sei Geld - viel Geld. Möglicherweise sind es aber auch irgendwelche brisanten Papiere. Wie immer wird Detektiv Bär nicht schlau aus dem Mann vom MAD. Als er den Koffer bei einem gewissen Dr. Kaspereit in Köln abliefern will, stößt er dort auf dessen Leiche. Von nun an wird die Luft für Bär ziemlich dünn, denn nicht nur die Witwe des Toten, sondern auch sein Bruder beginnen, nach dem ominösen Geldkoffer zu suchen. Und schließlich heften sich auch zwei Männer des russischen Militärgeheimdienstes an seine Fersen.

»Witzig, kritisch, ironisch. Raap nimmt alle Krimi-Klischees aufs Korn.« (Bild)

Justin Larutan

Lobenrots Echo

KBV-Krimi Nr. 106
Taschenbuch, 224 Seiten
ISBN 3-937001-01-8

Der Stargermanist Feebler bittet den Privatdetektiv Vodenka um Hilfe, weil ihm sein alter, psychisch labiler Schulfreund Lobenrot angeblich nach dem Leben trachtet. Trotz größerer Zweifel nimmt Vodenka den immerhin lukrativen Auftrag an, findet jedoch so gut wie nichts heraus. Dann ist Feebler tot - vom Dach seiner Stuttgarter Penthouse-Wohnung gestürzt. Im Laufe seiner Nachforschungen verstrickt sich Vodenka immer mehr in ein Gespinst aus Lügen und Täuschungen; nichts in dem ihm fremden Universitäts-Milieu ist so, wie es zunächst schien. Die Figuren um Feebler entpuppen sich allesamt als bizarre, mehr oder weniger inszenierte Trugbilder.

»Am sauberen Putz der Fassade kratzen und eine schimmelige Wand dahinter aufdecken - das kann Larutan gut.« (Stuttgarter Nachrichten)

KBV-HÖRBUCH
Kalle Pohl
liest
Spinner
von Ralf Kramp
3 CDs
ca. 210 Min.
€ 19,90
3-937001-10-7
Ein Serienmörder macht die Eifel unsicher, und Herbie Feldmann, der bekannte Spinner, der einen unsichtbaren Begleiter namens Julius "neben sich gehen" hat, löst seinen ersten Fall und merkt, dass nicht alle Spinner so harmlos sind wie er selbst …
Kalle Pohl, der beliebte TV-Comedian ("7 Tage - 7 Köpfe", "Kalle kocht" etc.), ist von der Figur des Herbie Feldmann begeistert und wird in loser Folge die Romane um das amüsante Ermittlerduo aus der Eifel auf CD sprechen.
KBV
KRIMI
KALLE
POHL
LIEST
RALF KRAMP
SPINNER
"Ein Eifelkrimi der skurrilen Art" (www.krimiforum.de)
"So schwarz wie die Seele mancher Eingeborener ist auch der Humor." (Rhein Zeitung)
"Auch ohne literweises Blutvergießen verdammt spannend." (Petra)